とりあえず伝説の勇者の伝説⑪
常識力のホールドアップ

「助けてくれ、ライナ！」
貞操の危機にあるシオンの必死の叫びを無視し、
ライナは金目のものを漁りはじめた。

「ふーんふふーん、だだだーんゴーゴー!!」
フェリスの意味不明な鼻歌が風呂場に響く――

とりあえず伝説の勇者の伝説⑪

常識力のホールドアップ

1337

鏡　貴也

富士見ファンタジア文庫

111-34

口絵・本文イラスト　とよた瑣織

目次

ばーすでい・ふぇすてぃばる

必死に逃《に》げ続けて、ふと背後《はいご》を振《ふ》り返《かえ》ってみる。だが、迫《せま》りくる絶望《ぜつぼう》は、まるで引き離《はな》すことができなかった。

追っ手はまるで、消えようとしない。

むしろさらにその速《はや》さを増《ま》してきて。

「くそ！」

シオン・アスタールは吐《は》き捨《す》てるように言った。意志《いし》が強そうな金色の瞳《ひとみ》に、高貴《こうき》さを感じさせる銀の髪《かみ》。

ここ、ローランド帝国《ていこく》の若き王はいま、国王誕生記念祭《たんじょうきねんさい》で華《はな》やぐ城下街《じょうかまち》を離れ、郊外《こうがい》へと続く街道《かいどう》を馬車で疾走《しっそう》していた。

「もっと、速くならないのか？」

シオンは馬車の御者《ぎょしゃ》へと声をかける。

しかし御者が叫《さけ》ぶ。

「む、無理《むり》です⁉　全力でやってます！」

それにシオンはうなずく。馬車の車輪の軋《きし》む音。馬の悲痛《ひつう》ないなき。馬車の速さをこれ以上あげるのは、無理だろう。なら、どうする？　後方では、シオンの専属護衛部隊《せんぞくごえいぶたい》がこの馬車を襲《おそ》おうとしている刺客《しかく》たちと交戦中のはずだが、それもいつまでもつか。

「…………」

とそこで突然《とつぜん》、馬車の後方から、強烈《きょうれつ》な閃光《せんこう》と爆音《ばくおん》が襲いかかってくる。

それにシオンは目を細める。

「いまのは、『稲光《いづち》』の光か?」

『稲光《いづち》』――それはここ、ローランドの者が使う魔法《まほう》だ。となると、いま襲ってきているのは国内の何者か、ということになるのだが。

「……反国王派の貴族《きぞく》が放った刺客か?」

そこで、シオンは馬車の窓《まど》から顔を出し、後方をうかがう。よくは見えないが、次々とシオンの護衛たちは倒《たお》されてしまっているようで……追いかけてきている何者かは、圧倒《あっとう》的《てき》な強さだった。精鋭揃《せいえいぞろ》いの国王専属護衛部隊を、まるで赤子《あかご》の手をひねるかのように、軽々となぎ倒してしまっている。

「……くそ。このままじゃ追いつかれるのは時間の問……」

が、そこで突然。

「いや、もう追いついた」

シオンのすぐ、真後ろから声が響く。

「なっ……」

しかし、彼の言葉はそこまでだった。

口を無理矢理《むりやり》押さえられてしまい、

「ぐっ」

それをなんとかはねのけようとするが、今度は目の前の馬車の窓から、別の刺客が現《あらわ》れ、シオンの腕《うで》を押さえつけてきて、

「くっくっく。観念《かんねん》しろ。もうおまえは逃げられない」


そして、シオンは連《つ》れ去《さ》られてしまう。

それは皮肉《ひにく》にも、国王誕生記念祭の夜の出来事。

ローランド帝国王は、何者かに、誘拐《ゆうかい》されてしまったのだった。

◆

しかしこの大事件の本当の始まりは、さらに一週間も前に遡《さかのぼ》る。

それは一週間前のこと。

「じむじむじーむ、じーむじむむ」

などと意味不明な呪文《じゅもん》のような言葉を疲《つか》れた声音《こわね》で吐《は》きだすと、ライナ・リュートはくるんっと器用に手の中の万年筆《まんねんひつ》を回転させた。

寝癖《ねぐせ》のついた黒髪に、やる気のやの字すら見つけることのできない黒い瞳。そんな眠気《ねむけ》200%の緩《ゆる》みきった瞳で、ライナはいつもの執務《しつむ》室《しつ》の中、膨大《ぼうだい》な書類と格闘《かくとう》していた。

そしてまた、

「じむじむじーむ、じーむじむむ」

意味不明な言葉。

そして、くるん。ペンを回す。

するとそれに、ライナの目の前の机《つくえ》でやはり、書類仕事をしていたシオンが顔をあげ、

「じむじむじーむ？　って、なんのおまじないだ？」

その問いかけに、ライナは顔を上げる。

「んぁ？　これは、歌だよ。シオン、知らないのか？」

それにシオンは、首をかしげる。

「……歌？　いや、聞いたことないな。最近、巷《ちまた》で流行《はや》っているのか？」

「いや、最近っていうか、ここローランドじゃ昔っから有名な童謡《どうよう》だぞ？　まじでシオン、

知らないの？」

「……知らない」

とそこで、シオンはライナから目をそらし、

「この歌、フェリスも知ってるのかい？」

それにライナもシオンの目線のさきへと目をやった。すると部屋の片隅《かたすみ》には、例の絶世《ぜっせい》の美女が剣《けん》の手入れをしながらだんごを食べる、という器用なことをしていた。艶《つや》やかな金色の長い髪に、切れ長の青く澄《す》んだ瞳。圧倒的なほどの美貌《びぼう》に、完全な無表情。ここローランドの大貴族、エリス家の娘《むすめ》にして、ライナの相棒《あいぼう》のフェリス・エリスだ。

彼女はシオンの問いかけに、その無表情な顔をあげると、

「うむ。有名な歌だな。たしか曲名は、『じむしー』だったか？」

それにライナはうなずく。

「うん。『じむしー』の歌。ほんとにシオン、知らないの？」

するとシオンは真剣に悩《なや》むように腕組みをした。だが、やはり思い当たるところがなかったようで、

「……知らないな。どんな歌なんだ？」

「歌ってほしい？」

「うん。そんなに有名なら、聞けば思い出すかもしれないしな」

「おけ。あ、じゃあ、フェリスも知ってるんだったら、一緒《いっしょ》に歌うか？」

ライナが言うと、フェリスはうなずく。

「よし、歌おう」

そして二人は顔を見合わせ、同時に大きく息《いき》を吸《す》うと……

歌は、始まった。

『じむじむじーむ、じーむじむ♪

毎日寝ないで事～務事務♪　シオンのアホに、殺されそ～♪

じむじむじーむ、じーむじむ♪

毎日寝ないで仕事馬鹿《ばか》♪　運動不足で死んじゃうぞ♪

じむしー、じむしー、事務死っ死♪

いっそシオンが死んだらいいのに♪

ほんとにシオンが死んだらいいのに♪

てめぇに付き合わせて五日も徹夜《てつや》させせんじゃねぇえええええええええええええ!!』

なんて最後に叫んだライナに、フェリスが熱い眼差《まなざ》しを向け、

「ナイスシャウトだライナ！」

「さんきゅ、フェリス！」

二人は同時にガッツポーズ。

しかし、シオンはそれに、

「……はぁ」

くだらないとばかりにため息をついて、完全無視で、再び仕事に戻ろうとして、

「俺《おれ》の歌を聞けぇえええええええ！」

ライナは叫んだ。

するとシオンは迷惑《めいわく》そうな顔で言った。

「はいはい。名曲だったね。あと三日徹夜したら休みやるから、くだらない歌ばっかり作ってないで、さっさと仕事を……』

「あと三日も徹夜したら死ぬってぇえええええええええええって、最近そればっかり！そればっかり俺《おれ》、叫んでるんだけど！」

「でも死なないじゃん」

「そのうち絶対死ぬって！」

「じゃ、死ぬまでがんばろ」

「死んでからじゃ遅《お》せぇえええええええってか、おまえなぁ……」

ライナはそこで言葉を止めて、あきれきった顔でシオンを見た。彼の目の下にはうっすらとクマができていて、顔色も悪い。完全に彼は、疲れきっている。

「……ったく、おまえ、俺らより体弱いくせに、俺らより仕事してるだろう？」

なんて言葉に、しかし、なぜかフェリスが答えてきて。

「馬鹿め。一番か弱いのは、女の私だ！」

「おまえは一番図太い上に、仕事も全然してないだろうが！」

「んな⁉　わ、私が日々、どれほど『だんごの魅力《みりよく》を世界に認《みと》めさせる会』のために身を粉《こ》にして……」

「んな会のことはどうでもいいいい……ってああもう、おまえと話してると無駄《むだ》に疲れるから、ちょっと黙《だま》れ」

「いや。私のか弱さを理解するまで……」

が、そこで突然、彼女は口を押さえ、

「ぐはっ……あう……」

苦しげにうめき声をあげる。そしてそのまま彼女の華奢《きやしや》な体は、その場にぱたりと倒れてしまい……

「っておいフェリス、いったいどうし……」

しかし、ライナの言葉を遮《さえぎ》って、

「どうだ！　私がどれだけか弱く、儚《はかな》い存在《そんざい》なのか、思い知ったかっ‼」

なんて、儚い存在が力強く叫んできた。

それに、

「………………」

ライナは一度、うなずく。頭をかく。小さくため息をつく。疲れたように首を振《ふ》る。

そして再びシオンのほうを見ると、

「……で、話は戻るわけだが……」

「私を無視するなぁああああああ！」

元気に飛び起きるフェリスに、ライナはもう、頭を抱《かか》えた。

「だから俺もシオンも、おまえと違《ちが》って五日徹夜してるから、そのテンションにはついていけないって……」

しかしそれにシオンは笑って、

「いやいや、でも、やっぱりおまえらと一緒にいると楽しいよ。こうやって笑うと、疲れも吹っ飛ぶ」

だがライナはそれに半眼《はんがん》でシオンを見た。

「疲れが吹っ飛ぶだ？　そんな疲れ切った顔でよく言えるよ」

「ああ……まあ、確かに眠いけど……でも、一週間後までにこなしとかなきゃいけない仕事が山のようにあるから、まだ休めないよ」

それに、ライナは首をかしげた。

「一週間後？　って、なんかあったっけ？」

するといつの間にやら再《ふたた》びゆっくりだんごを食べ始めていたフェリスが横から、

「馬鹿め。そんなこともおまえは知らないのか？」

「んぁ？　んじゃおまえ、なにがあるか知ってるのか？」

「当然だ。一週間後にこのローランドにとって、一年で最も重要《じゅうよう》なイベントがあるからな」

「ほう？　なに？」

それに彼女は手に持った串《くし》だんごをこちらへぐいっと掲《かか》げてきて、

「ウィニットだんご店主催《しゅさい》、ローランド帝国大だんご祭《まつり》だぁ！」

なんて発言に、ライナはシオンのほうを見る。

「まじで？」

それにシオンはまた、苦笑して、

「いや、ウィニットだんご店も祭りには参加するという話は聞いてるけど……だんご祭じゃないよ？」

「じゃ、なに？」

「国王誕生記念祭」

シオンはあっさり、そう言った。

しかしそれに、ライナとフェリスは顔を見合わせて。

ライナが言った。

「って、へ？　おまえ、誕生日なの？」

続いてフェリスが、

「いくつになるのだ？」

それに困《こま》ったようにシオンは肩《かた》をすくめて、

「……ええと確か……二十歳《はたち》だったっけ？」

なんて聞いてきて、ライナは顔をしかめる。

「聞かれても知らねぇよ」

「なんだよ。同期生だろう？」

「いや、そうだけど……でも、俺、子供のころの記憶《きおく》が曖昧《あいまい》だから、自分の誕生日どころか、年齢《ねんれい》もいまいちわかんねぇしなぁ……」

するとフェリスがうむっとうなずいて、

「私の見立てでは、五十二歳《さい》スケベおやじというのが最近のライナの最も詳細《しょうさい》なプロフィールだ」

「……まぁた、新しい設定が飛び出したな」

ライナは疲れた声音で彼女の言葉を流してから、再びシオンのほうを見る。

「いや、でも、一応俺らがいた学院に入学したときの書類には、俺は十七って書いたから……そうか。もうあれから、三年もたったのか……」

と、ライナは少し、過去《かこ》のことへ思いを馳《は》せる。あの学院での出来事。キファや、タイル、トニー、ファルのこと。そして、シオンと初めて出会ったときのことを。

シオンも同じ気持ちなのか、ちょっと懐《なつ》かしげな声音で、

「……時間がたつのは、早いな。そして俺はまだなにも……」

そこで、彼は言葉を止めた。

しかし続きは、わかる。

『まだなにも……成《な》し遂《と》げていない』

だが、そんなことはないと、ライナは思った。シオンがこの国の王になって、この国は、

大きく変わった。彼の頑張《がんば》りは、徐々《じょじょ》に実りだしている。

この執務室で一緒に仕事をこなしているいまだからこそ、わかる。この国はもう、かつてのあの、狂《くる》っていたローランド帝国とは、まるで別物だ。

人のことばかり考えて、自分の体が壊《こわ》れるのも気にせず、アホみたいに働くこの王によって、確実《かくじつ》にこの国は変貌《へんぼう》しつつある。

そのシオンの、誕生日だという。

「んじゃ、派手《はで》に祝《いわ》わなきゃな」

だがそれに、シオンは首を振った。

「いや、俺の誕生日なんかはどうでもいいんだ。というより、記念祭自体、こぢんまりとしたものにしたいと思ってるんだが」

とそこで、彼は机の引き出しから、いくつかの書類を取り出し、こちらへ放《ほう》り投げてくる。それにライナは、

「んぁ？　なんだこれ？」

と、書類に目を落とす。するとそこに書かれているのは、前国王の誕生記念祭を行なうためにかけていた、無駄遣《むだづか》いについての資料だった。そしてそこに並んだ数字の桁《けた》をライナは数えていって、

「え〜と……一、十、百、千、万、十万、百万……って、おいおいおい……はぁ？　な、なんでこんなに金……だってこれ、全部国の金だろ？　どうやってこんな額《がく》……」

するとシオンが続けてくる。

「その祭典を執《と》り行なうために、どれくらいの民《たみ》が犠牲《ぎせい》になったのか……その資料にもあるんだが……いや、まあとにかく、俺は、俺の誕生日なんかを無駄に祝う必要はないと思ってるんだ。だからいま、その記念祭を執り行なわせないようにするための書類が……」

と、彼は自分の机の上の書類をうらめしげに見つめた。それにライナも疲れた顔で、

「それ、全部？」

「そう」

「一週間以内で？」

「そう」

「……死ぬだろ……」

するとシオンはにやりと笑う。

「でも、これを処理《しょり》して、各方面の貴族たちを抑《おさ》えることができれば……どれだけ節約できることか」

その額が莫大《ばくだい》なものになるのは、書類を見ただけでわかる。

シオンがさらに続けてくる。

「ま、そういうわけで、俺の誕生日を祝おうとか、そういうことは思わなくてもいいよ。他の貴族たちが俺に祝いの品なんかを持ってきて、無駄な金を使わせないように、その日の夜には他の領地《りょうち》へ視察《しさつ》へいく仕事も入れてるしな……」

などと、この期《ご》に及《およ》んでさらに仕事をするつもりらしい。それにライナはもう、完全にあきれきった表情でシオンを見つめると、

「やっぱ、おまえはすげぇよ」

するとシオンは嬉《うれ》しげに笑って、

「おっと？　褒《ほ》めてくれんの？」

が、ライナは首を振る。

「いや、おまえは、本物の仕事馬鹿だってことに、あきれただけ」

「あはは。それじゃ、その仕事馬鹿に付きあって、もうひとがんばりしようか！」

なんて言葉に、

「…………ああ。そうだね。もうちょっとだけ手伝ってやるよ……おまえが死んだらなんかもうこの国、滅《ほろ》びかねないしな……」

そう言ってライナは再び手の中のペンをくるりっと回すと再び書類へと目を落とし、

「じむじむじーむ、じーむじむ」

例の歌を、歌い始めたのだった。

◆

その、執務室の扉《とびら》の外。

その男はいた。

「…………」

気配《けはい》は完全に消し去っている。

綺麗《きれい》になでつけられた漆黒《しっこく》の長髪《ちょうはつ》。長身だが、線の細い体。そしてすべてを見下したような、ひどく冷たい、濃紺《のうこん》の瞳。

ミラン・フロワード中将《ちゅうじょう》。

彼はこのローランドの、暗部だった。シオン・アスタールの覇道《はどう》のために、やらなければならない汚《きたな》い仕事を率先《そっせん》して処理することで、ここまで昇《のぼ》り詰《つ》めたのだ。

シオンという有能な王を、ローランドだけではなく、この大陸全土の王にするために、支え、管理《かんり》する責任《せきにん》が彼にはあった。

そして今回も。

「………」

とそこで、フロワードは、執務室の扉に当てていた耳を、そっと離す。ここ五日、まるで寝てない陛下《へいか》の様子《ようす》をうかがうために、ここでこっそり盗《ぬす》み聞きをしていたのだが……

「まったく……陛下はまだ、お休みになられないおつもりですか」

フロワードは、暗い瞳を鋭《するど》く細め、困ったように小さく呟《つぶや》く。

「といって、ライナ・リュートとかいう寝ぼけ男がいては、私が部屋に入るわけにもいかないし……これは、どうしたものでしょう」

ライナ・リュートとは、いくつかの事情により会うわけにはいかないのだ。

まったく、彼がここを出入りするようになって、仕事がやりにくくなった。

なんてことをフロワードが思っているところで、再び部屋の中から声が聞こえてくる。

フロワードはまた、扉に耳をつける。すると中からこんな声がきこえた。陛下の声だ。

『……いや、まあとにかく、俺は、俺の誕生日なんかを無駄に祝う必要はないと思ってるんだ』

その言葉に、フロワードはまた、表情を曇《くも》らせる。

「……なんと。では陛下は今年もまた、節約された、貧相《ひんそう》な国王誕生記念祭をなさるおつもりですか……」

そこで彼は、昨年執り行なわれた国王誕生記念祭のことを思い出す。それはとても英雄《えいゆう》王とまで呼ばれた王の誕生を祝う祭りとは思えない、質素なものだった。

あれを今年も行なうおつもりか……

「……まったく、陛下はまるでわかっておられない……」

フロワードは、あきれたように首を振った。

確かに国費の節約は素晴《すば》らしいことだ。だが、なんでもかんでも制限すればいいというものではない。いまの国民は、この国を救《すく》ってくれた英雄王の誕生を、心から祝いたがっているのだ。せっかく国民感情が盛り上がっているのなら、それを利用しない手はない。

おまけに一国の王の誕生祭が貧相なものならば、他国からも甘く見られてしまう可能性もある。

「……これは、早急に手を打つ必要がありますね……」

そう言ってから、彼は歩き出した。そして、思考を巡《めぐ》らせる。今年の国王誕生記念祭は、昨年の分まで、派手《はで》で、荘厳《そうごん》で、楽しげなものにする必要が……

「…………」

が、そこで、フロワードは顔をしかめる。

派手で、楽しげ……？

「……いや、これは、困った。派手で楽しげな祭り……ですか。私にはまるで、思いつきませんね……」

とそこでふと、廊下《ろうか》に並《なら》ぶ窓の外を、見る。すると窓ガラスにうっすら自分の顔が映《うつ》っていて、それを彼は、見つめる。

一生懸命《いっしょうけんめい》派手で楽しげなことを考えているつもりなのに、窓に映った自分の顔は、暗く、冷たく、まるで楽しそうじゃなくて。

「…………ふむ。やはり私には、派手で楽しげなことを考えるのは、難しいようですね。さて、どうしましょうか」

そして彼はまた、ゆっくりと歩き始めた。

◆

その後もしばらく、フロワードは考えを巡らせてみていた。

派手で、楽しい祭りについて。

しかし、思いついた案といえば、

『ローランド帝国における、刑罰《けいばつ》についてのクイズ大会』

これによって得られる効果《こうか》は大きい。国民がこの国の刑罰について学んでくれれば、どのような罪《つみ》を犯《おか》すと、どれほど厳《きび》しい制裁《せいさい》が罪人《ざいにん》に下されるかを知ってもらうことができ、犯罪《はんざい》の発生率の低下が……

低下が……

が、そこでフロワードの表情はますます暗くなる。

「…………しかし、このようなものが、面白《おもしろ》いでしょうか？」

面白いわけがなかった。

「ううむ……やはり私はこの手のことを考えることは向いてなさそうですね……こういった類《たぐい》のことは、それ相応《そうおう》に脳《のう》の構造《こうぞう》が単純《たんじゅん》な方でないと。たとえば……」

そこで、フロワードは顔をあげた。

宮廷《きゅうてい》の中庭の、先。噴水《ふんすい》の向こう側には、二人の男がいた。英雄王シオン・アスタールの両腕とも呼ばれている男たち。

一人は燃《も》えるような赤い髪に、それと同色の赤い瞳。背はフロワードと同じぐらいの高さ。しかし、その体つきは、がっしりとまるで鋼《はがね》のようで。

クラウ・クロム元帥《げんすい》。紅指《こうし》のクラウと呼んだほうが、通りはいいだろうか？　彼はまだ、シオンが王ではなく、この国の軍部にいたころからの直属の部下だった。

彼はついこの間、右腕をティーア・ルミブルとかいう化物に食《く》い千切《ちぎ》られたばかりなの

に、もうその右腕の部分につけた《呪詛義手《じゅそぎしゅ》》一本で腕立てなどをしており、

「八百四十二。八百四十……ぐぁ〜、やべぇ、もう呪詛が暴走《ぼうそう》し始め……ま、負けるかぁあああ！」

などと頭悪そうな叫び声を上げている。

その横から、やはりシオンの軍部時代からの直属の部下、カルネ・カイウェル少将《しょうしょう》が、

「もおおおおお！　病《や》み上がりのくせに、なに無理してんですか！」

叫んだ。こちらはクラウとは違《ちが》い、温和そうな顔だち。ウェーブのかかった柔《やわ》らかそうな金色の髪に、愛らしい碧眼《へきがん》。

その、どこか幼《おさな》い顔を怒《いか》らせて、

「まったく、呪詛義手はちょっと無理するだけで暴走して、使用者を殺しちゃうんですよ!?　なのになんで片手腕立て!?　先輩《せんぱい》は筋肉《きんにく》馬鹿ですか！」

するとそれにクラウが、いつのまにやら九百回に到達していた腕立てを中断して、カルネをにらむ。

「ああん？　誰《だれ》が筋肉馬鹿だって？」

「クラウ先輩ですよ！　もう、僕《ぼく》の言うこと全然きかないで無理ばっかりするなら、ノアさんに言いつけますよ！」

瞬間《しゅんかん》、クラウの表情が変わる。

「んな、お、おまえ、卑怯《ひきょう》だぞ！」

そんな会話に、フロワードはため息をつきたくなる。ノア……と、彼らが軽々しく呼んでいるのは、元エスタブール王国の公主《ひめ》、ノア・エンのことだ。本来ならば彼女とは陛下が婚姻《こんいん》関係を結《むす》び、旧エスタブールの国民感情を、あっさりローランドに取り込む、という計画がフロワードの中にはあったのだが……

フロワードは、クラウのほうを見る。

するとクラウは必死の表情で、

「だ、だいたい、俺がなにしようが、ノアの奴《やつ》には関係……」

が、カルネはにやにや笑って、

「嘘《うそ》ばっかり。ほんとは先輩、ノアさんのこと好きなくせに～」

なんて会話に、フロワードは今度こそため息をつく。おまけにノア・エンのほうも、クラウ・クロムにのみ心を開いているところをみると……どちらにせよ、ノアとシオンが結ばれることはないだろう……

あの、考えなしの、赤髪男のせいで。

するとそこで、今度はクラウが鋭い眼光でカルネをにらみ、笑《え》みを浮《う》かべる。

「だいたい、そんなこと言っていいのかなぁ？　ここ半月でおまえが手にかけた人妻《ひとづま》の数をエスリナに伝えたら、彼女はどんな顔に」

途端《とたん》に今度はカルネの白い顔が真《ま》っ赤《か》になって、

「ば、ば、馬鹿なこと言わないでください！　そんな……たった半月で二十人もだなんて、エスリナの教育に悪いじゃないですか！」

それにクラウは半眼で、

「……いや、俺は八人だと思ってたんだが……二十人って…………最悪だなおまえ……」

「あう!?　いや、でも、手を出したっていっても、今回のは全部ふられてるんで、あ、あのその、このことエスリナには……」

「くっくっく。どうすっかなぁ。まあ、とりあえず俺の肩でも揉《も》んどくか？」

なんて会話にフロワードは、間違いないとばかりにうなずいた。

「やはり、ああいう頭の中身の質量がひどく軽い者たちが、今回の任務《にんむ》には向いているのでしょう」

そして、クラウたちのほうへと歩きだす。すると彼らはこちらの存在に気づいたのか、フロワードをにらみつけてきて。

クラウが言った。

「うお、暗いのがきた」

続いてカルネが、

「あ、ほんとだ！」

それにフロワードは微笑《びしょう》して、

「まったく。あなたがたは相変わらず、頭の中身が春一色なようで、うらやましいです」

「てめぇ、馬鹿にしてんのか！」

「いえいえ、褒めているのです。そこで、頭の中身の質量を極限《きょくげん》まで軽量化することに成功しているあなたがたに、少しご相談が」

「こ、こいつぶっ殺すぞカルネ！」

「おっけーです、先輩！」

などといきり立つ二人をなだめ、フロワードは今回の件について説明したのだった。

「と、そういうわけで、今回の陛下の誕生祭は、明るく楽しいものにしたいのですが、あなたがたにお任《まか》せできないでしょうか？」

フロワードがそう言うと、クラウがなるほどとうなずく。

「せっかくのシオンの誕生日だしな……いや、たまにはおまえもいいこと言うじゃねぇか。フロワードのくせに！」

どんっと肩をたたかれ、フロワードは顔をしかめる。

しかしクラウはノリノリでうなずき、

「よしわかった！　俺らに任せとけ」

続いてカルネが顔をしかめ、

「とかいって、またあんどくさいこと全部僕に任せるつもりでしょ！　僕忙《いそが》しいのに、これ以上仕事できな……」

「半月で人妻二十人はこなせるのになぁ？」

「…………い、いやぁ、あの、なんか祭りを盛り上げたくなってきたぁ！」

「ってわけで、俺らにどんっと任せとけ、根暗《ねくら》君！」

と、明るく言ってくるクラウに、

「…………根暗君…………いえ、まあ、いいでしょう。では、よろしくお願いしますね」

そして、フロワードは踵《きびす》を返したのだった。

◆

そのまま根暗男が去っていくのを見送ってから、クラウは腕組みをした。

「といって、派手な祭りか……どうする？」

するとカルネも困ったように腕組みして、

「う〜ん。熟女《じゅくじょ》人妻祭とか、いいなぁ……」

「ンなのが楽しいのは、おまえだけだろうが！」

「あ、失敬《しっけい》な。クラウさんは人妻の魅力《みりょく》に気づいてないだけなん……」

が、そこで突然、カルネの背後から、かわいらしい女の子の声が響く。

「人妻の魅力って、なんですか！」

それに、カルネがしまったという表情で後ろを振り返る。するとそこには、一人の少女がいて。肩でそろえられた琥珀《こはく》色の髪。まだ十四歳とは思えない、利発そうなしっかりとした瞳。

エスリナ・フォークル。

かつてシオンの秘書《ひしょ》だった、フィオル・フォークルの妹だ。彼女はいまは、カルネの秘書をやっているのだが、

「いま、人妻って言葉が聞こえたんですけど、まさかカルネさん、また仕事をさぼって!?」

が、それにカルネは慌《あわ》てて、

「い、いやいや、あの、違うって！　仕事はちゃんとしてるよ！　ね？　クラウさん！

いまもシオンさんの誕生祭についての計画を練《ね》ってたんですよね？」

しかし、エスリナは信じない。じとーっと疑《うたが》いの目でカルネを見つめ、それからクラウのほうを向いて、

「……ほんとですか？」

それに、クラウはにこやかにうなずいて、

「ふふ。貸《か》し一つな」

「あうう」

するとエスリナが首をかしげ、

「貸し……ですか？　それはいったい……」

が、クラウは首を振る。

「いやいや、なんでもないんだ。それよりエスリナ。楽しい祭りといえば、なにを想像《そうぞう》する？」

その、突然の質問に、彼女は困ったようにうーんっと首をかしげる。

「……楽しい祭り、ですか？　あの、私は、お祭りとかはあまりいったことがないのでわからないんですが、やはりお祭りといえば」

『いえば？』

クラウとカルネが同時に聞く。

それに彼女はうなずいて、

「やはり、花火というのを私は見てみたいです」

その言葉に、再びクラウとカルネが同時に、

「おー！　いいな花火！　それだ!!」

「いやぁ、予算はもう決まってるのに、さすがにいまから花火の準備《じゅんび》はできないよ」

なんて言ってから、顔を見合わせる。

「馬ぁ鹿。祭りと言ったら花火だろうが！」

「いや、そうかもしれないけど……でも実際問題、国をあげての花火大会ともなると……莫大な費用が」

「おまえのポケットマネーでもなんでも出して、なんとかしろよ！」

「……あ、相変わらず無茶言うなぁ……いや、そりゃ僕のポケットマネーでしょぼい花火をあげるのは簡単《かんたん》ですけど……国王誕生祭にあげる花火ですよ？　国の威信《いしん》もかかってるし、ヘタなもんあげられないでしょう？　かといって準備する時間もないし……」

なんてカルネの言葉に、クラウはどんどん不満げな顔になっていく。

それを気にしたのか、エスリナが慌てて、

「あ、あの、私が余計なことを言ったばかりに……」

が、カルネが首を振って言う。

「いや、エスリナのせいじゃないから、気にしなくて……」

しかしそこでクラウが、急に笑顔《えがお》になって、

「あ、いいこと思いついたぁ！」

「って、クラウ先輩のいいことは、いっつもめんどくさいから、嫌《いや》なんですけど？」

「いいから聞け！」

「聞きたくないなぁ〜」

だが、クラウは止まらない。

「こういうのどうだ？　花火をあげる金も準備期間もないんなら、空に魔法の花火をあげるんだよ！」

なんてことを、自信満々で言ってきて。

しかし、カルネはげんなり答える。

「……もしかして、そういう魔法を、いまから軍部の魔導《まどう》研究所で新しく開発しようとか、そういう話ですか？」

「そう」

「それ、普通に花火あげるより、何倍も金がかかるから」

だが、クラウの自信は揺《ゆ》るがない。悪戯《いたずら》っぽい笑みを浮かべたまま、

「と、そう思うだろう？　だが、俺に名案があんだよ」

「名案？　って、なんですか？」

「ふっふっふ。うちにほら、魔法の仕組みがずばーっと見えちゃう変態《へんたい》がいるだろう？」

瞬間、カルネもクラウの考えに気づいたのか、

「あ！　あの、シオンさんの周《まわ》りをうろちょろしてる、タダ飯喰《めしぐ》らい昼寝男！」

「そう！　あいつにいまから寝ないで適当《てきとう》な花火魔法を開発させれば……」

「それ！　それいい！　どうせあの人いっつも暇《ひま》なんだから、こういうときにこき使ってやらないと！　そうとなったらフェリスさんにも相談して……」

「じゃ、そういうことでいくか！　奴《やつ》を捕獲《ほかく》しよう！」

「いきましょう！」

二人は大きくうなずいた。

◆

そして一週間後。

事件は、起こったのだった。

◆

国王誕生記念祭の夜。

疾走《しっそう》する馬車の中。突如《とつじょ》馬車に侵入《しんにゅう》してきた刺客に後ろから口を押さえられ、

「ぐっ」

シオンはうめいた。体を必死に動かして、なんとか抵抗《ていこう》しようとするが……さらに今度は目の前の馬車の窓から、別の刺客が現れ、彼の腕を押さえこんでくると。

刺客が言った。

「くっくっく。観念しろ。もうおまえは逃げられない」

それに、シオンは前を見る。

彼の、目の前。彼の腕を押さえこんできている刺客の顔を。

するとそこにいたのはやる気のない寝癖、やる気のない瞳、やる気のないライナな男が、なぜかいまにも泣《な》きそうな顔で、

「くっくっくあううう……やっと……やっとこの日がきた……あの赤髪の馬鹿に馬鹿な計画を手伝わされて以来、十二日徹夜……なのにてめぇ、逃げるとはどういうつもり

だこのヤロ！」

なんて言って、こちらの頭をぱしっと叩《たた》いてくる。続いてシオンを後ろから押さえてしまっている何者かが、

「……馬鹿ライナ。コトを急ぐな！　こいつを殺すのは、アジトに帰ってからだ！」

なんてことを、まったくの無感情な、あきらかにフェリスな声で言ってきて。

さらにライナが、

「さぁものども！　こいつを抱えろ〜!!」

なんて言うと、馬車の後方から、シオンの護衛だったはずの部隊が一斉《いっせい》に集まり、なぜかシオンをまるで御輿《みこし》かなにかのように抱え上げると、

『わっしょーい!!』

野太いかけ声をあげる。

それにシオンは、ひどく戸惑《とまど》って、

「わ、わっしょい？　お、おまえらまで、なにをやって……いや、あの、俺はフォースリーノ領に今晩中にいかないと……」

が、ライナはそれに突然、

「うるせぇえええええええ！　祭りだいくぞおおおおお!!」

『おおおおおおおおおおおおおおおお!!』

「オラわっしょい!」

『わっしょい!!』

「眠てぇえええええ!」

『わっしょい!!』

「吐《は》きそおおおおお!!」

『わっしょい!!』

「あの赤髪の野郎、馬鹿なことさせやがってええええええ!」

『わっしょい!!』

なんて展開に。

「………」

もう、意味不明だった。

しかし彼らの謎《なぞ》の行動は続く。

そしてシオンは担《かつ》がれたまま、呆然《ぼうぜん》と連《つ》れさられてしまったのだった。

◆

それからの出来事はもう、ありえなかった。

シオンは抱えられたまま祭りに盛り上がる城下街へ突入し、狂喜乱舞《きょうきらんぶ》する市民たちにまで担がれ、祭りはドンドン盛り上がる。

『英雄王、万歳《ばんざい》！』

『アスタールさま、万歳!!』

『ローランド、万歳!!』

まるでオモチャかなにかのように、好き放題にもみくちゃにされて、シオンはぐるぐる目を回している間にも、いつのまにか、王城の、屋上《おくじょう》まで連れてこられていて。

そこでやっと降《お》ろされ……シオンは、周囲を見回して、状況《じょうきょう》を確認《かくにん》することができた。

「い、いったい、なにが起きてるんだ？」

すると彼の周囲には、いつのまにやらクラウやカルネ、ノアやエスリナ、その他、シオンの側近《そっきん》たちがにこやかに待っていて。

クラウが一歩前に出て、

「お待ちしておりました、陛下。ではさっそく、花火の点火を、よろしくお願いします」

なんて、いつもとは違う、ひどくかしこまった口調《くちょう》で言ってくる。それに、

「……だから、なんの話だ？　花火？　いったい、なにが……」

が、そこでライナが後ろから、

「おまえのために、みんなで花火を用意したんだよ。俺なんか全部で十二日も徹……ああ
まあもうそれはいいや。いいから、早く打ち上げろよ」

それに、シオンは顔をしかめる。

「お、おまえら……だが、そんな予算は……国民はそんなことを……」

が、そこで、フェリスがシオンの頭をつかむ。そしてそのまま、城下街のほうへと首を
無理矢理《むりやり》向けさせ、

「民はどう言ってる？」

それに、街の様子が目に入ってくる。

街中が、幸《しあわ》せ一色に包《つつ》まれている。

まるで轟音《ごうおん》のように響《ひび》いてくるのは、シオンを賞賛《しょうさん》する声。

そしてクラウが、珍しくかしこまった口調で、

「この国のすべてが、あなたのことを祝っております。さあ、あの声にお応《こた》えください」

「クラウ……」

それに、クラウは微笑《ほほえ》んで、一歩、横にずれる。すると彼の向こう側の床には、大きな魔方陣《まほうじん》が描《えが》かれていて……

ライナが後ろから、

「ったく、おまえのためにあれ造るの、すっげー時間かかったんだぞ」

「……じゃあ、ライナがあれを？」

シオンが振り返ると、ライナも疲れた表情のまま、かすかに笑う。

続いてフェリスも、

「私も手伝った」

「って、おまえは最後だけちょこっと手伝っただけだろうが！」

「でも手伝った！」

なんて言葉に、シオンは笑う。

「……はは、ありがとう、みんな。俺は、愛《あい》されてるな」

するとカルネが、

「そうですよ！　だからもうちょっと体を労《いたわ》ってもらわないと」

なんて言って、それにその場にいたみんながうなずいてしまい、シオンは苦笑する。

「……ああ。そうだな……今後気をつける」

とそこで、ライナが言った。

「さあ、じゃ、あれに『稲光《いづち》』を撃《う》て。そしたら魔法の光が空を覆《おお》うから」

魔法の花火。それがどうやら、ライナが造ったものらしかった。

シオンはうなずいて、手を空に踊《おど》らせる。

そして、光の魔方陣を空間に描きこんでいく。ローランド特有の魔法だ。

やがて、魔法は完成。シオンは口を開き、

「求めるは雷鳴《らいめい》＞＞＞・稲光《いづち》！」

刹那《せつな》。魔方陣の中央から生み出された稲妻《いなずま》が、ライナの描いた魔方陣の中央へとぶつかる。するとその光が増幅《ぞうふく》されて、夜の空へと放たれ、空を縦横無尽《じゅうおうむじん》に駆《か》けめぐった。

その美しさはもう、言葉にできないほどだった。夜の闇《やみ》を切り裂《さ》き、赤や、青、黄、緑、色とりどりに空を染《そ》め上げ、そのたびに国中から感動のため息が漏《も》れる。

そしてやがて光は、空の上、文字の形をとりはじめて。

最初の文字は、

『誕生日、おめでとう』

それにシオンは笑う。

「……ライナ……」

続いて光はさらに形を変えて、

『英雄王、シオン……バカターレ』

「ライナ？」

シオンの口調が変わる。しかし、空の光は止まらない。

『シオン・バカターレ様は、昼寝とだんごが大好物！　明日からみんな、寝ながらだんごを食べましょう！』

なんて文字が空を埋め尽《つ》くしたあと、花火は終わってしまい。

そこでフェリスが一言。

「うむ。素晴らしいできばえだった」

続いてライナが、

「い、いや、俺のせいじゃないんだよ？　ふぇ、フェリスが無理矢理……それに、いまさら怒《おこ》っても、あとの祭りってことで、祭りだけにうまい！　とかいう褒め言葉に変わったり……」

『するかぁあああああああああああああ！』

屋上の者たち、全員が叫んで。

それに。

「あっはっは」

シオンは、あまりの馬鹿馬鹿しさに思わず笑ってしまう。

こんなに笑ったのは、久《ひさ》しぶりだった。

民の歓声《かんせい》に、逃げまどうライナたち。

こうして……シオンの誕生日は終わったのだった。


（ばーすでい・ふぇすてぃばる：おわり）

りとる・らゔぁーず

「恋《こい》を、したことがあるか？」

その、突然《とつぜん》の問いに、

「へぇ？」

ライナ・リュートは、いつもの気の抜《ぬ》けた声音《こわね》で返事した。

到底《とうてい》恋などしてるとは思えない、寝癖《ねぐせ》がついた黒い髪《かみ》に、眠気《ねむけ》に緩《ゆる》んだ黒い瞳《ひとみ》。

その瞳を隣《となり》にいる絶世《ぜっせい》の美女に向け、

「恋って、あの恋？」

「うむ」

と、彼女はうなずいた。

輝《かがや》くような金色の長い髪に、切れ長の青い瞳。異常なまでに整《ととの》っている顔。華奢《きゃしゃ》な体に、すらりと長い手足。

相棒《あいぼう》の、フェリス・エリスだ。

彼女は、見た目だけなら女神《めがみ》と見間違《みまちが》うばかりで、恋だの愛《あい》だのの経験《けいけん》は腐《くさ》るほどしていそうなのだが……

ライナはそのまま、彼女のどんなときでも無表情な顔を見て、それから商店街《しょうてんがい》を歩き食い真っ最中な串《くし》だんごを見る。さらになにかといえばライナに殴《なぐ》りかかってくる腰《こし》の長剣《ちょうけん》という……あきらかに恋する乙女《おとめ》とはかけ離《はな》れた出《い》で立《た》ちを見てから、言った。

「……おまえ……恋とか興味《きょうみ》あったわけ？」

するとフェリスは心外だとばかりに、

「馬鹿《ばか》め。私の心は常に恋を意識しているぞ」

「嘘《うそ》だぁ」

「本当だ！」

「とかいって、どうせだんごへの恋とか、そんな話だろ？」

「うむ。もちろんだんご様への思慕《しぼ》の念《ねん》は、常に並々《なみなみ》ならぬものがあるが……」

「ほら、やっぱそんな話だろう？」

ライナがあきれて言うと、しかし、彼女は首を振《ふ》る。

「いや、私がいま言っているのは、男女の恋の話だ」

「ほう？　ついにフェリスも恋に目覚《めざ》めたのか？」

その、ライナの問いに、

「…………」

しかし、彼女は突然、黙《だま》りこんでしまう。

「んぁ？　どうした？　まさかまじで誰《だれ》かに恋を……」

が、ライナのその言葉を遮《さえぎ》って、フェリスが言う。

「……私のことはいい。それよりおまえの話が聞きたいのだ。おまえは……おまえは誰か好きな女はいないのか？」

「だからなんでいきなりそんな話に……」

「いいから。いいから聞かせろ」

「……俺《おれ》ぇ？　俺は……」

と、そこでやっと、ライナはここのところ徹夜《てつや》続きで停止《ていし》していた脳《のう》を働かせ始める。

恋。

好きな女。

いままでの自分の恋愛《れんあい》。

いや、それよりも、なぜフェリスはそんなことを突然聞きたがってんだ？

と、彼はフェリスのほうを見る。

「おまえ、なんの話がしたいわけ？」

すると彼女は真《ま》っ直《す》ぐライナを見つめ、

「うむ。おまえがもし、私のことを好きならば、告白を受けてやってもいいぞ」

なんてことを、あっさり言ってきて。

それにライナは大きく目を開き、それからもう一度フェリスを見つめる。相変わらずの無表情だが、彼女はどんなときも無表情なので、いま、どんな気持ちでこんなことを言ってきてるのかわからない。

いや、とにかく、え〜……

「……お、おまえ、いま、すごいことさらっと言わなかった？」

「言ったか？」

「言ったろ？」

「ふむ。それで、どうなのだ？　おまえは私のことを……」

「い、いやいやいや……その、そういうのはまだちょっとまずいような……」

「好きなのか？」

「だから……」

「嫌《きら》いなのか？」

「いや、そういうわけじゃないけど……」

「しかし好きでもないと？」

「う〜ん。だからさ、な、なんていうか」

が、そこで突然、ライナのその言葉を遮って彼女がぐいっと一歩彼に近づいてくる。

それから彼の両腕《りょううで》をつかんで、

「………ら、ら、ら、ライナ!!」

「へ？　あの、だからそういうのはまず……ああもう、なんなの？　おまえ、今日はどうしたんだよ？」

ライナが聞くが、しかし、彼女はただ、震《ふる》えながら、

「ら、ら、ら、ライナ!!」

震えながら、彼の名前を呼んで。

とそこで、ライナは気づいた。フェリスの目が、彼を見ていないことを。彼女はライナの背後、商店街の向こう側を見ていて。

「あん？　おまえ、なに見てんだ？」

つられて振り返ると、そこには……

人混《ひとご》みの中、見覚《みおぼ》えのある少女の後ろ姿があった。年のころは七、八歳《さい》くらいだろうか。

フェリスと同じ金色の長い髪に、フリルがたくさんついたドレスのような服を着ていて、背中にはリュックサックという出で立ち。

「ん？　ありゃ、イリスか？」

ライナが言ったと同時、少女がこちらを振り返る。すると現れたのは、やはりフェリスと同じ、美の女神に愛されているとしか思えない美少女がいて。少女は間違いなく、フェリスの妹、イリス・エリスだった。

しかし問題は……イリスと一緒《いっしょ》にいる、見覚えのない少年だ。やはり八歳くらい。茶色の髪に、やはり茶色の瞳の少年。

そしてその彼は、照《て》れたような表情で懐《ふところ》から一輪の花を取り出し、そっとイリスの髪に挿《さ》したりして……

それにイリスが嬉《うれ》しそうな笑顔《えがお》になる。

その姿はまるで、恋人同士のようで。

それにライナは目を丸くして、

「……おお〜。すげぇ。あれ、イリスだろ？　あいつ、ボーイフレンドがいんの？」

すると彼の肩《かた》をつかんでいるフェリスが、

「……ぼ、ぼ、ぼ、ボーイフレンド……？　あ、あれはボーイフレンドなのか……？」

「そういうふうにしか、見えないけど」

ライナの言葉に、フェリスは再びイリスのほうを見る。すると今度はイリスが少年の耳元に口を近づけて、こそこそと内緒話《ないしょばなし》をしては、キャッキャッと笑っていて。

フェリスはそれに、

「や、やりすぎだ！」

悲鳴《ひめい》のような声をあげた。

「あ、あいつはまだ、子供《こども》なのだぞ？」

だがそれにライナは肩をすくめた。

「う〜ん。最近の子供は、そういうのも早いんだなぁ……」

「そんな馬鹿《ばか》な！　う、うちのイリスに限《かぎ》って……」

などと珍《めずら》しくうろたえているので、ライナはフェリスのほうを見て、にやりと笑った。

「いやいや、そう思ってるのは姉《あね》ばかりってね。最近の子は、そういうことも早っぐぎゃぁあああああああああ!?」

ライナは例によって例のごとく、神速で放たれた彼女の剣によって地面にたたき伏《ふ》せられる。一瞬《いっしゅん》、脳《のう》みそが耳から飛び出るんじゃないかと錯覚《さっかく》してしまうほどの衝撃《しょうげき》に、ライナは思った。

（……こんな女と、どう恋をしろって？）

口に出すとまた殴られるから言わないけど。

なんてライナが心の中で愚痴《ぐち》っている間にも、少年がイリスの手をぎゅうっと握《にぎ》ったりと、ラブラブ度は加速中だ。

それにフェリスがわなわなと震えながら、

「あ、あいつら、そこまで……」

また、うめき声をあげる。しかし若い二人は止まらない。少年がイリスの手を引っ張り、そのまま人混みの中へと消えようとしていて。

「いかん！　変態《へんたい》1号を退治《たいじ》している間にも、変態2号にイリスが連《つ》れ去《さ》られてしまう！」

なんてことを言って、フェリスがライナの髪の毛をつかんで無理矢理《むりやり》立ち上がらせようとする。そして、

「まったく、なにをしているんだ1号！　二人のあとを追うぞ！」

だが、ライナは
「……あ、頭がまだ……あの、ほんと体が持たないんで、勘弁《かんべん》し……」

「いくぞ！」

「って、ひ、引きずるの⁉　って痛《いた》！　痛⁉　血……血が⁉　死んじゃう！　死んじゃ……………あ……………う……………」

「おのれ私の妹に触《ふ》れて、タダですむと思うなよ！」

「………」

ライナを引きずったまま信じられない勢《いきお》いで走り出したフェリスに、ライナはもう、言葉もなかった。

◆

そしてイリスたちの後を追ってたどりついたのは、人気《ひとけ》のない路地裏《ろじうら》だった。

ライナとフェリスは、ゴミ山の陰《かげ》に隠《かく》れて、様子《ようす》をうかがっていた。

フェリスが言う。

「いいかライナ。奴《やつ》が本性《ほんしょう》を現《あらわ》して、イリスを襲《おそ》おうとしたところで飛び出すからな。準《じゅん》備《び》しておけ」

「………」

なんて言われても、もう反応《はんのう》できる体力は残っていなかった。だって、地面を引きずり回されて、角を曲がるたびに頭打って、最後にはゴミ山の中に頭を突《つ》っ込《こ》まれて……

「……か、帰りたい……」

半泣きで言いながら、ゴミから顔をあげた。

そして、ゴミの陰からイリスたちを見る。

するとイリスと少年は相変《あいか》わらず仲《なか》が良さそうで、肩を組んでいたりした。

瞬間、隣でチャキーンと甲高《かんだか》い音とともに、

「くぅ……もう我慢《がまん》ならん！　こうなったらなにかある前に先手を打って、奴の息《いき》の根を止めるしか……」

「ってちょっと待てぇぇぇぇぇぇぇ！　そ、その剣でなにしようと……」

「無論、イリスをたぶらかす変態色情《しきじょう》狂《きょう》の脳天を二つに割るのだ」

「お、おまえ、そんなマジな目で怖《こわ》いこと言うなって……あ、相手はまだ子供だぞ？　それに、ほら、まだ、あいつがイリスの恋人と決まったわけじゃないしさ……おまけになんていうか、恋愛は本人たちの自由っていうかさ……両思いだったりしたら、俺たちは邪魔《じゃま》者《もの》なわけで……」

が、そこで、フェリスはライナの口をむぎゅっと強引《ごういん》に押さえてきて、

「ば、馬鹿なことを言うな！　私の妹ともあろうものが、あんな変態面《づら》の茶色髪男に心を奪《うば》われるはずがないだろう！　きっと、あの男に騙《だま》されてここへ連れ込まれたのだ！」

だが、ライナは再び生ゴミの向こう側を見てから、うーんとうなった。

「……そうかなぁ？　俺には、あの男の子が変態顔には見えないけどなぁ……どちらかというと、性格よさそうじゃない？」

「だ、騙されるな！　それが奴らの手なのだ。初めは好青年な顔で女を油断《ゆだん》させておいて、路地裏に連れ込んだ瞬間、ガオーだぞっ⁉」

「……ガオー？」

「うむ。ガオーだ」

その言葉に、ライナはもう一度、イリスたちを見て、想像した。

少年がイリスを路地裏に連れ込む↓性格良さそうに見えたのに、急に本性を現して、ガオーと襲いかかる↓しかしフェリスの妹であるイリスは、姉に負けず劣《おと》らず傍若無人《ぼうじゃくぶじん》な悪《あく》魔娘《まむすめ》なので、イリスちゃんぱーんちとか叫《さけ》んで少年の顔面破壊《はかい》……

そんな光景《こうけい》がありありと浮《う》かんで。

「………いや、やっぱイリスに危険《きけん》はこれっぽっちもないと思うんだけど……押し倒そうとしたほうが殺されるって……」

ライナはげんなり言った。

するとフェリスがこちらをぎろりとにらみつけてきて、

「馬鹿！　その甘い考えが命とりなのだ！　奴は、少年の皮をかぶった悪魔なのだぞ！」

いや、むしろイリスが美少女の皮をかぶった悪魔だと思うんですけど……なんて言葉は呑《の》み込んだ。

「……ってかさぁ、あいつらがほんとに恋人同士だったらどうすんだよ？　イリスのほうもあいつを好きだったら、邪魔したほうが嫌《きら》われちゃうぞ？」

しかしフェリスは首を振る。

「そんなことがあるはず……」

とそこで。

ゴミの向こう。少年が口を開いた。

「……イリスさん、僕《ぼく》はあなたが好きです」

瞬間、フェリスが再び剣を構《かま》え、

「あの男、ついに本性を……」

が、すぐにイリスの元気な声が、路地裏に響いた。

「私も、大好きだよ！」

彼女はそう言った。そして、手と手を取り合って、去っていく二人。

そんな姿を見送ってから、ライナは肩をすくめ、

「あらら、やっぱ両思いかぁ。じゃあ俺らの出る幕《まく》じゃないな。ほらフェリス。剣を収《おさ》めて」

言って、フェリスのほうを見ると、

「…………………………」

彼女はよほどショックだったのか、こちらを見て、ぱくぱくと口を動かしているが、言葉は出てこない。

「……あー、ショックだったの？」

こくこくと、彼女はうなずく。

「……手、手を……あいつらまた手を……」

と、そこからはまた、ぱくぱくぱく。やはり言葉にならない。その姿がちょっとかわいそうになって、とりあえず彼女が手に持っていた剣をそっと取り、鞘《さや》に戻《もど》してやってから、彼女の肩をぽんぽんっとたたいた。

「……え〜あ〜、そうだな。気持ちは、わかる。気持ちはよーっくわかるよ？　でもほら、ここはお姉さんがひとつ、大人《おとな》になって……妹の幼《おさな》い恋愛を、見守るっていうかさ……」

「……し、しかし、あそこまでやるとは」

「大丈夫《だいじょうぶ》だって。ほら、あの、イリスはああ見えていい子……のような気がしないでもないような気もするし……そんな、フェリスが心配してるようなことは、ないと思うよ？」

「……あ、あそこまでとは……あううう」

「って、おーい。俺の言葉、聞こえてるかぁ？　あ！　じゃあこうしようぜ？　今日はもう、おまえに付き合ってやるから、だんご食いにいこ、だんご！　俺のおごりでいいし」

だがそこで、ライナの言葉を無視してフェリスはくるりと踵《きびす》を返し、ふらふら歩き始めた。

そして、彼女は一言。

「……………旅に出ます」

「って、えええええ？　ど、どこへ？」

「……傷心旅行《しょうしんりょこう》に、ウィニットだんご店まで……」

「近けぇなおい」

「……………捜《さが》さないでください」

「いや、捜すなって言ったって……行き先知ってるからなぁ……あの、大丈夫か？」

するとフェリスは首を振って、

「……………大丈夫じゃない」

「お、俺がそばについてようか？」

それにフェリスはこくりとうなずいて、

「うう……だんごセット、百個買ってくれないと、傷心の私はもう立ち直れな……」

「それは無理」

「私は立ち直れな……」

「無理」

「だんご一つ買ってくれない、ダメ男が！」

なんて捨てゼリフを吐《は》いて、去っていく後ろ姿に、

「いやむしろ、おまえにだんごをたかられすぎて、ここんところ金がないんだけど……」

と、言うのはやめた。言って悪魔が戻ってきて、またなにやらめんどくさいことに巻《ま》き込まれたら体がいくつあっても足りないのだ。

「……はぁもう……やっと帰れるよ……」

彼はため息をついて、立ち上がった。

「……うう、眠くて死にそう……」

とそこで、空を見上げる。

空は赤く、もう日が暮《く》れようとしている。

例によって例のごとく、王《シオン》の馬鹿につきあって、三日徹夜で久《ひさ》しぶりの休日。

今日は一日中寝だめするぞーっと意気込んでいたところにフェリスが押しかけてきて、
今日は大事な話があると言われてついていったら、いつものごとく頭殴られて、地面引きずられて、ゴミに突っ込まれて、最後にダメ男と罵《ののし》られ、

「……いやぁ……今日も素晴《すば》らしく充実《じゅうじつ》した一日だったなぁ……ううう」

ライナはもう、泣きたくなった。

明日の朝にはまた、悪魔《シオン》が仕事しよーっと迎《むか》えにくるだろうし、

「……一秒でも早く寝ないと……」

そしてライナは疲《つか》れた足取りで歩き始める。

夕暮《ゆうぐ》れの街。人混みでにぎわう商店街を避け、路地裏を抜けていく。そしてふと、イリスの彼氏のことを思い出して、ライナは苦笑する。少年はなかなかの美形で、

「イリスの奴もあれで、なかなか面食《めんく》いなんだなぁ」

なんてことを呟《つぶや》いた。

「……いや、イリスの顔に比べりゃあれでもブサイクってことになるのかな？　あの姉妹《しまい》の見た目は、異常だからなぁ。中身は悪魔だけど……」

とそこで、その姉妹の兄貴《あにき》の顔も怖《こわ》いくらい整っていたことを思い出して、ライナは顔をしかめる。

「……あれの中身は、魔王だな……」

さらに路地裏を進む。

「ま、それはともかく、明日シオンにもイリスに彼氏ができたこと教えてやろ。あいつも

なんかイリスの保護者《ほごしゃ》気分でいるから、どんな顔するか楽しみだな」

右に一回、左に二回、路地裏を曲がる。あとは路地裏を抜けて、商店街に出れば、彼が使っている宿屋まで、すぐのはずだった。

しかし。

「……ん？」

ふと、路地裏の途中《とちゅう》で、ライナは足を止めた。急に誰《だれ》かの視線《しせん》を感じて。

「なんだぁ？」

と、周囲を見回す。

薄暗《うすぐら》い路地裏。あるのはゴミと、放置された木材と、壊《こわ》れかけの倉庫《そうこ》のようなもの。

その、倉庫のようなものの上にそれはいた。

二人の男女が、こちらをじーっと、まるで視線だけでライナに穴《あな》を開《あ》けようとしてるんじゃないかというほど真っ直ぐ見つめてきていて。

その、男女に、ライナは見覚えがあった。

っというか、さっき見たばっかりの二人だった。デートかなにかをしにいったはずの、イリスと、その彼氏である少年。

その二人が、倉庫の上から鬼気《きき》迫《せま》る表情でじーっとライナを見つめていて。

「……あのぉ……おまえら、いったい何してんの？」

ライナは、声をかけた。

するとイリスが、

「監視《かんし》」

そう答えて。ライナは、首をかしげる。

「……誰を？」

「ライナ」

「なんで？」

「秘密《ひみつ》」

「………新しい遊びか？」

「………」

しかし、彼女はもう答えない。ただ、こちらをじ――っと見つめるばかりで。

「お、俺の顔見て、そんなに楽しいのか？」

「………」

「……………まあいいけどさぁ……じゃ、俺もういくぞ？」

「………」

「……はぁ。最近の子供は、ほんとわけわかんねぇな……」

ライナはため息をついて、歩き始めた。

背中に、痛いほどの視線を感じながら。

◆

そのまま、ライナは路地裏を抜け、やっと商店街にたどりついた。

ここまでくれば、ベッドはもうすぐだ。

ああもう眠い。

眠い。眠い。眠い。

もうだめだ。服着替えるのも億劫《おっくう》だ。このまま帰って、ベッドに飛び込もう。

なんて思っていたところで。

「…………んぁ？」

ふと、八百屋《やおや》の前で、ライナは足を止めた。

急に誰かの視線を感じて。

「って、またかよ？」

八百屋の、リンゴの並《なら》んでる棚《たな》の向こうに、二人の男女が座《すわ》って、じーっとこちらを鬼気迫る表情でにらみつけてきていて。

その男女に、ライナは見覚えがあったもくそもなにも例のガキどもで！

「だ～からなんなんだよ？　おまえらデートしてんじゃないの？　違《ちが》うの？」

「………………」

二人は答えない。

それにライナはうんざりした声音で、

「おまえらいったいなにがやりたいわけ？」

するとやはりイリスが、

「監視」

「だから誰を？」

「ライナ」

「なんのために？」

「秘密」

「俺はあれだぞ？　おまえの姉貴《あねき》に振り回されて疲れてるから、遊んでやれないぞ？」

「………………」

「遊んでほしきゃ、シオンのほうへいけよ。あいつスーパー不《ふ》眠症《みんしょう》の仕事馬鹿だから、きっと相手してくれるって」

「…………」

「じゃ、俺はもういくぞ？　ついてくんなよ？」

と、歩き出すライナの背中に、痛いほどの視線が突《つ》き刺《さ》さるが、もう無視した。

◆

さあ、もうすぐ宿だ。もうすぐ寝れる。

ライナはこの瞬間が、一番好きだった。あとはもう、寝るだけでいい。なにもやることがなくて、あとは寝るだけでいいよっていうときほど、幸せなものはない。

きっとベッドに入った途端《とたん》、あまりの快感に死んでしまうかもしれない。

「まあ、それはそれで俺はいいけどね……」

なんてことを言いながら、家路《いえじ》を急ぐ。

もう、宿屋は見えている。

あと二十歩も歩けば、宿屋に到着して、階段《かいだん》を上がってベッドに入れば、そのまま夢の中にさよならできる……

はずなのだが。

「……だ〜か〜ら〜……」

ライナはふと、宿屋二十歩手前で、足を止めた。急に誰かの視線をってうぜぇなもう！

奴らは、もう姿を隠してさえいなかった。

宿屋の前。

二人並んでこちらをじ——————っと鬼気迫る表情で見据《みす》えてきていて。

手にはなぜかスコップ。迷惑《めいわく》なことに、宿屋の真ん前に大きな穴が掘《ほ》られている。

その穴のほうへとライナが近寄っていくと、穴の底には木でできた巨大な杭《くい》がいくつも突き出ており、落ちた者を串刺しにしようと待ち受けていた。そんな凶悪《きょうあく》この上ない穴をのぞきこんでから、ライナは聞く。

「だから、おまえらはなにをしたいわけ？」

するとイリスが一言。

「落とし穴」

「誰を落とすの？」

「ライナ」

「なんのために？」

「殺すため」

「……だからなんで俺を？」

「秘密」

「ぶっ殺してぇええええ！　なんなの？　なんなのこいつら？　そうじゃなくても俺ってば、いま眠くてすげぇ気が短いのに……」

しかし、そんなライナの叫《さけ》びなど、奴らは聞いちゃいない。ただ、じーっと、じーっと、にらみつけてくるばかりで。

ライナはそれにたじろぎながら、

「……ま、まあ……そういう遊びが最近の子供たちの間では、流行《はや》ってるってわけか？」

「………」

「……いや、答える気がないなら答えなくてもいいけど……でも、お兄さんはいますごい眠いから、これ以上俺につきまとうようだと、俺だって容赦《ようしゃ》しないぞ？」

「………」

「…………わかったな？　次きたら、俺はフェリスが言うところの野獣《やじゅう》君になって、ガオーするからな？」

「………」

しかし、あきらかにわかってないような顔で、こちらをじーっと見つめてくるから、ラ

イナはため息をついて、

「とにかく、もうつきまとうな！　俺は寝るから、とっととどっかでデートでもしてこい。じゃ、おやすみ」

言って、ライナは宿屋に入った。そして勢いよく宿の扉《とびら》を閉める。しかし、扉を閉めたあともあきらかに強い視線がライナのほうを見ているのを感じて……

「……神様、頼《たの》むから俺を安らかに寝かせてください……」

死にそうな声でそう呟《つぶや》いた。

◆

「はふ」

ベッドに飛び込んだ瞬間、ライナは意識《いしき》を失《うしな》った。全身の緊張《きんちょう》が緩《ゆる》み、お休みモードに変わる。張りつめていた感覚がゆっくりと闇《やみ》の中へと沈んでいく。

心地《ここち》のいい闇。夢《ゆめ》の世界。

ライナは夢の中でも寝ている夢を見て。

あーもう、明日学校がなければいいのに……って、あれ、俺ってばもう、学校いってないんだっけ？　じゃあ、もっともっと寝てていいんだ！　なんて幸せなんだ！

と、夢の中でさらに二度寝する。

もう、幸せ指数百二十％だった。こんな幸せが永遠に続けばいいのにとか思う。

だが。

『…………ううん？』

ふと、ライナは顔をしかめた。急に誰かの視線を感じてっておいおいこれ、もしかして
……とそこで、ライナは目を覚ました。

すると暗い部屋の、天井《てんじよう》。はめ込み式の板が一枚外《はず》されており、そこから六つの瞳が、じ――っとこっちを見下ろしてきていて。

「って、一人増《ふ》えてんじゃねぇかよっ!!」

ライナは思わず突っ込んだ。

四つの瞳の主《ぬし》は、あれだ。例のガキ二人組。

しかし三人目は……鋭《するど》い、意志《いし》の強そうな金色の瞳。高貴さを感じさせる銀の髪。そしてまるで悪戯《いたずら》っ子のような笑みを浮かべるその顔には、見覚えがあった。この国の若き帝《てい》王《おう》にして、ライナに無理矢理仕事を押しつけてくる悪魔、シオン・アスタールだ。

彼はライナが目を開いたのに気づいたのか、慌《あわ》てて、

「奴が目を覚ましたぞ！　急げイリス！」

「うんっ！」

イリスが大きくうなずいて、まっすぐライナの口に入るように、白い糸を天井からたらしてくる。それを確認《かくにん》してから、今度は少年にシオンがなにやら怪《あや》しげな液体《えきたい》の入った小《こ》瓶《びん》を渡して、

「さあ少年。これを！」

「はいっ！」

少年はうなずいて、小瓶を傾《かたむ》ける。すると小瓶に入っていた液体が、イリスのたらした糸を伝ってライナの口の中へと……

「入るかぁあああああああああ！」

ライナはその場を飛び退《の》いて、怒《ど》鳴《な》った。

途《と》端《たん》、液体は白い糸を離れ、ライナが使っていた枕《まくら》に当たり、ジュウウウウウウと音を立てて枕が焦《こ》げ始める！

「って、ジュウ？……いまジュウって……はぁあ？　お、おまえら、俺になに飲ませようとしてんだよ!?」

するとシオンが惜《お》しかったとばかりに指をぱちんっと鳴らしてから、さわやかに、

「おはよ、ライナ」

「おはよじゃねぇえええ!! ってか、もう怒《おこ》った! おまえら、今度きたらガオーするって俺言ったよな? 容赦《ようしゃ》しないって言ったよな? おまえらがどういうつもりなのかはまるでわかんねぇけど、今度こそ許《ゆる》さな……」

が、シオンがそこで嬉しそうに、

「逃げろ!」

「うん!」

「はい!」

言って、再び天井の板をはめ、逃げだそうとする三人を、

「逃がすかぁあああああああああああ!」

ライナは怒鳴ってから高速で光の文字を空間に描《えが》き込んでいく。かつてエスタブール王国の魔《ま》法《ほう》騎《き》士《し》団《だん》が使っていた魔法だ。

そして呪《じゅ》文《もん》を唱《とな》える。

「我《われ》・契《けい》約《やく》文《ぶん》を捧《ささ》げ・大地に眠る悪意の精《せい》獣《じゅう》を宿す」

強い光が生まれ、ライナの体を包《つつ》む。

刹《せつ》那《な》、ライナの動きが加速した。

ベッドを踏《ふ》み台にして、

「おらぁあああああああああ！」

天井に蹴《け》りを放つ。あっさり天井を破壊《はかい》。

すると屋根裏で逃げようとしていたシオン、イリス、少年が振り返って、

「うお、ライナが本気だ⁉」

「野獣君だぁあああ！」

「あわわわわ」

「てめぇら死ねぇええええええ！」

そして、すべては終わったのだった。

◆

数分後。

ライナは必死に抵抗《ていこう》するシオンやイリスや少年たちをなぎ倒し、屋根裏から部屋に引きずり下ろし、床に三人を正座させてから、ベッドの上から問いかけた。

「で、シオン。結局どういうことなわけ？　なんでおまえらは、俺をつけまわしたり、殺そうとするんだ？」

もう、まるでわけがわからなかった。

いやそれどころか、いまとなってはイリスと一緒《いっしょ》にいるこの少年が誰なのかもわからなかった。いったい、なにが起こってる？

するとシオンがなぜか辛《つら》そうな顔になって、

「……理由を知りたいと……ライナはそう言うのか？」

なんてことを言ってきて、ライナは顔をしかめる。

「え？　って、なんかそんな、深刻《しんこく》な内容なのか？」

そのわりにはさっきのシオンは楽しげにしてたように見えたのだが……しかし、いまのシオンはさらに暗く、真剣な顔をしており。

「……仕方ない。どうしても聞きたいというのなら、話そう」

なんてことを言ってきて……

「う、うん」

ライナは少し、緊張した。するとシオンはゆったりとした、重々しい口調で続けてくる。

「……ライナを殺さなければならない理由……それは、夜中にライナに仕事を押しつけようとこの宿にやってきたときに、イリスと見知らぬ少年がライナを殺そうとしていて、おもしろそうだからじゃあ俺も混《ま》ぜてくれと混ぜてもらっただけで俺もいまいちなにがなんだかわかってな……」

「死ねぇぇえええええええええええええ！」

とりあえず、シオンをはり倒しておいた。

もう、あまりの怒りにちょっと強く殴り過ぎたせいか、シオンは壁《かべ》までぶっ飛んで、がくんっと気絶したが、例によって寝不足そうな、不健康《ふけんこう》顔をしていたので、たまには気絶もいいだろうと放《ほう》っておく。

それから今度はイリスと、少年のほうを向き、じとーっとにらみつけると、

「さぁて……今度こそ事情を話してもらおうか。あ、いつもの優《やさ》しいお兄さんだと思わない方がいいぞ？　今日はもう夜中だ。野獣がガオーって子供を食べちゃう時間だ。食べられたくなかったら……………わかるな？」

すると、かわいそうに少年がガタガタ震え始めて。

イリスのほうも、

「すごいすごーい！　野獣君、ほんとに野獣になるんだね！　シオン兄《にい》ちゃんを食べるの？　どこから食べるの？　こっわーい！」

なぜか楽しそうに目を輝《かがや》かせ始めて。

「…………」

ライナは、とりあえずこっちは無視することにした。最初からイリスがなにか話してく

れるとは思っていない。鋭《するど》い瞳で少年のほうを向いて、出来る限り低い声音で、言う。

「おら、そろそろなんで俺を襲うのか、吐《は》いたほうが身のため……」

が、横からイリスが、

「ねえねえ野獣君！　野獣になっても見た目変わんないの？　毛とか生《は》えてこないの？」

「吐いたほうが身のた……」

「ねーねーねー、ねーねーねーねー‼」

「やぁかましゃあぁあああああああ！」

ライナはイリスの首に手刀《しゅとう》をたたき込んで、気絶させた。それを見た少年はさらに蒼白《そうはく》の顔でぶるぶる震えて、ライナはにやりと笑う。

「で、事情を話してくれるな？」

そしてやっと、今回のコトの真相は、明かされたのだった。

少年が、言う。

「……ぼ、僕には、好きな人がいるんです」

それにライナはうなずく。

「ふむ。イリスだろ？」

が、それに驚《おどろ》いたように少年は首を振って、

「え？　ち、違いますよ？」

「んぁ？　違うの？」

「違います」

「じゃあ、誰が好きなの？」

それに少年は一瞬、照れたように顔を赤らめてから、なぜかこちらを熱っぽい潤《うる》んだ瞳で見つめてくる。

じーっと、熱い視線がライナを貫《つらぬ》いて……

「って、え？　ちょ、ちょっと待てよ？　あの、ま、まさか、おまえが好きなのって」

すると少年は恥《は》ずかしそうにこくりとうなずき、もうわかっていたけど衝撃《しょうげき》的な名前を口にした。

「……ら、ライ……」

「馬鹿なぁあああああああ!?」

最後まで言わせず、ライナは思わず叫んだ。

しかし少年は顔を赤くしたまま、

「僕……僕あなたにずっと抱《だ》かれたいって思ってて……」

なんかとんでもないことを言い出して、一歩、こちらに近づいてこようと……

「待て！　ええええ、ちょ、冗談《じょうだん》だろ？　なんで急にそんな話の展開に……って、ふ、服を脱《ぬ》ごうとするなぁあああああ！」

ライナはうろたえて、一歩、後ろに下がる。

しかし少年はやはりマジな顔でこちらに近づいてこようとしていて。

それにライナは慌《あわ》てる。

「いやいやいやいや、ちょ、落ち着け。あの、話を少し、整理しようぜ？　な？　あの、おまえが好きなのは、イリスなんだよな？」

だがその答えは……

「……あなたが、好……」

「いやいやいやいやいや、だーかーらー!?　ど、どうしていきなりそんな話になん……ってだから服を脱ぐのは待て！　な？　落ち着け！　わ、わかった。百歩譲《ゆず》っておまえが俺を好きだとしてだな、お、おまえまだガキじゃん？　俺とはその、釣《つ》り合いが……」

「愛に年齢《ねんれい》は関係ありません！」

「あ、愛っておまえ……じゃ、じゃあさ、俺ら男同士じゃん？　そういう問題も……」

「関係ありません！」

「いや、おまえに関係なくても、俺のほうに関係が……って待て！　ベッドに上がってく

るのは待てって!?」

ライナがベッドからずり落ちながら悲鳴《ひめい》を上げると、少年は急に泣《な》きそうな顔になって、

「……ぼ、僕じゃやっぱり、だめですか?」

それに、ライナは顔をしかめる。

「いや、だめもくそも、どこをどう見てもだめに決まってて……」

が、そこで。

「で、でも、ライナさんはフェリスさんのことは好きじゃないんでしょう! なら……」

「ってちょっと待ったぁああ! あぁ? いま、てめぇいま、なんつった?」

ライナが言葉をさえぎって聞くと、少年はもう一度、

「だから、ライナさんはフェリスさんのこと、好きじゃないんでしょう?」

なんてことを言ってきて……

ライナは、震えた。まさか、まさか……

彼は目を細め、少年をにらみつけるように、きいた。

「えー、その俺がフェリスをどうのってのは、どっから出てきた発言だ? まさか今日の」

それに少年はうなずく。

「はい。今日フェリスさんにライナさんの気持ちを確認《かくにん》してもら……」

が、そこまでで。

「やっぱりあの悪魔の仕業《しわざ》かぁああああ！」

謎《なぞ》はすべて解《と》けた。

もう、今日一日の迷惑《めいわく》異次元ワールドの裏舞台《うらぶたい》が、目に見えるかのようだった。

ライナは疲れ果てた顔で少年を見て、

「……ってかさぁ、おまえ、なんでフェリスに相談しちゃったわけ？」

「だ、だって二人はいつも一緒にいるし、二人でいるときはいつも楽し……」

「楽しくねぇえええええ……っていう俺の叫びはいいとして、じゃ、じゃあまさか、おまえには俺らが恋人同士に見えたとか……？」

すると少年はまた、うなずく。

「はい。でもフェリスさんに聞いたら、『あんな間抜《まぬ》け男ランキングナンバーワンを守り続けるような甲斐性《かいしょう》ゼロ男が、私のような超絶《ちょうぜつ》女神の恋人なわけないだろう』って……」

「…………へぇ…………それで？」

「それで、でもライナさんのほうはフェリスさんのことを好きそうだって僕が言ったら」

「……なんでまたそんなこと言うかなぁ」

「そしたらフェリスさんが、『確認してみよう』って言ってくれて……」

それでライナは納得《なっとく》した。例の、『おまえがもし、私のことを好きならうんぬん』の話は、そういう経緯《けいい》から出た言葉だったのだ。

が、少年の話はさらに続く。

「さらにフェリスさんが『しかし奴は真性の変態だからな、おそらく私のような正統派《せいとうは》美人よりも、人妻《ひとづま》やら幼児《ようじ》やらを無理矢理！　というのが好きだぞ』って励《はげ》ましてくれて」

なんて発言に、ライナは半眼《はんがん》で、

「……うわ、ほらきた。話が急に意味不明になってきた……フェリスお得意の異次元ワールドの始まりか？」

少年の話は続く。

「だからイリスさんに頼《たの》んで、僕が人のモノ、みたいな演出《えんしゅつ》をしたらライナさんが欲情《よくじょう》して、僕を襲ってくれるんじゃないかって……」

「……へぇ……じゃあ、あの監視はなに？」

「それもフェリスさんが『あいつは監視されると異常なほど興奮《こうふん》する変態だ』っていう貴《き》重《ちょう》な情報を教えてくれて……」

「そりゃ……貴重だなぁ………それじゃ落とし穴はどんな意味があるのかな？」

「それもフェリスさんが『あいつは落とし穴に落とされて、針《はり》に貫《つらぬ》かれた瞬間に言葉ではあらわせないほど大変なことになる』って教えてくれて……」

「……言葉にはあらわせないほど大変なことって……死ぬってことだと思うんですけど……」

するとと少年はぱっと表情を明るくして、

「あ！　それも言ってました！　ライナさんは殺されそうになった瞬間に最高の快楽を感じる真性のマゾだって。そしたらちょうど銀髪《ぎんぱつ》のかっこいい人が毒薬《どくやく》を持ってるっていうから……あの、喜んでくれたでしょうか？」

媚《こ》びるような目で、こちらを見つめてくる。

彼の瞳は、やはり本気の本気だった。言ってることは滅茶苦茶《めちゃくちゃ》だが、完全に両目を迷惑な♡マークにして見つめてきていて。

「……おまえ、マジで俺が好きなの？」

「好きです！」

「………どこが？」

「全部好きです！」

「…………うぁ」

それにライナはもう、頭を抱《かか》えたくなった。少年の恋する瞳を見て……これ、どう答える？　この勢いだと、簡単《かんたん》にあきらめてくれそうにないし……

ったく、なんかフェリスのせいですげぇめんどくせぇことになってきたなぁもう！

と、ライナは困《こま》ったように天井を見上げた。

とそこで、

「んぁ？」

ライナは、破壊された天井裏。その闇の奥《おく》にある、なにかをじっと見つめてから……

再び少年へと目を戻した。

すると少年は緊張した面持《おもも》ちで、

「ら、ライナさんは、僕のことを……」

が、ライナはそれを遮って、言った。

「悪い。やっぱ、おまえの気持ちには、応《こた》えられないよ。俺には、好きな女がいるんだ」

「え!?　す、好きな女？　誰ですかっ!?」

その問いに、ライナは再び天井を見上げてから、にやりと笑って、

「俺は……フェリスが好きなんだ」

と、言った瞬間、天井裏からガタンっと物音がするが、ライナは無視して続ける。

「実は……俺らはもう、二年前から恋人同士なんだ。来年には結婚《けっこん》する予定だし……」

　ガタンガタンとまた音がするが、ライナは無視する。

　目の前では少年は震えて、

「え？　え？　でも、フェリスさんは……」

「騙《だま》されたんだよおまえは。俺らもう、毎日毎日、ちょーラブラブだぜ？」

　ガタガタンという音は、やはり無視。

　少年が、

「し、信じられません！」

　と叫ぶが、ライナは肩をすくめ、

「ま、明日にでもフェリスに会って、聞いてみな？　本人は恥ずかしがって否定するかもしれないけど……一週間も付きまとって質問しまくれば、本当のことを教えてくれるよ」

　なんて言うと、少年は立ち上がり、

「い、いまから聞いてきます！」

　言って、もの凄《すご》い勢いで部屋を飛び出していく。それをライナは見送ってから、もう一度天井を見上げると、

「………………ってなわけで～、明日から一週間、がんばって」

楽しげに言うと、いつの間にやら屋根裏に隠れていたフェリスが逆《さか》さまに顔をだした。

「……貴様」

が、ライナはすぐに、

「おい少年！　フェリスがここにいるぞ！」

途端、部屋の扉が開いて、

「どこです！　あ、フェリスさん⁉」

「ううう……お、おぼえてろよライナ！」

すぐさまフェリスは逃げだし、少年もそれを追って去っていく。ライナはそれを見送ってから、

「…………はう……疲れた……」

ため息をついた。それから目を、窓の外に向ける。すると空はもう、白み始めていて。

朝がきているのだ。結局今日も徹夜。

だが、そんなのはどうでもいい。

なぜなら……

彼は、今度は部屋で気絶しているシオンとイリスのほう見て、にやりと笑う。部屋にあった縄《なわ》で二人をぐるぐる巻きにして、屋根裏に転がす。これで、邪魔者はすべて始末《しまつ》した。

それから彼は一度大きくあくびして、ベッドに飛び込む。

そして。

「……勝った……」

彼は小さくガッツポーズをすると同時に、夢の中へと飛び立ったのだった。

（りとる・らゞぁーず：おわり）

ろすと・うぉれっと

女の子に大切な言葉を伝えるときは、いつだって緊張《きんちょう》する。

たとえば、

『君が好きだ』

その一言を言うためには、どれほどの力がいるだろう。

何日も思い悩《なや》み、葛藤《かっとう》し、意を決して彼女に会いにいって、しかし、彼女の笑顔《えがお》を見た途端《とたん》、結局なにも言えなくなってしまう。

そういうことだってあるだろう。

だから、ライナ・リュートは緊張していた。

今日は、彼女に大切な言葉を伝えるつもりだから。

「……ふぅ」

小さく息《いき》を吐《は》き、震《ふる》える手で胸《むね》を押さえる。

すると手に、早鐘《はやがね》を打つような鼓動《こどう》が伝わってきて、思わず苦笑しそうになる。本当に、緊張しているのだ。もし失敗したら。もし大切なものが、手に入らなかったら。もし、もし、もし……そう考え始めると、足がすくんでしまう。

でも、もう我慢《がまん》できないのだ。だからライナは、顔をあげた。そして、見る。

彼女の姿を。

目の前にいる人は、相変《あいか》わらず信じられないほど綺麗《きれい》だった。艶《つや》やかな金色の長い髪《かみ》。青く澄《す》んだ瞳《ひとみ》。濡《ぬ》れたような、薄桃色《うすももいろ》の唇《くちびる》。華奢《きゃしゃ》な体に、その細い腕《うで》では到底扱《とうていあつか》えるようには見えない、長い剣《けん》を腰《こし》に差している。

相棒《あいぼう》の、フェリス・エリス。

もしこの世に美の女神《めがみ》がいるとしたら、その女神ですら、彼女の美貌《びぼう》の前では平伏《ひれふ》すだろう。

その彼女をライナは、見つめる。すると彼女も彼の視線《しせん》に気づいたのか、こちらを向き、どこか無表情な顔のまま首をかしげ、

「どうした？」

言ってくる。

それにライナは震える。そしてまたあの恐怖《きょうふ》が胸に浮かんだ。

失敗したら。大切なものを失ったら。

だが、ライナはそんな弱気を、首を振《ふ》ってかき消した。もう、決めたのだ。彼女に大切な言葉を伝えると。

きっと大丈夫《だいじょうぶ》。きっとうまくいく。

ライナは小さく息を吐き、それから大きく息を吸《す》ってから、意を決するように言った。

「あ、あの、フェリス」

「ん？」

「……お、俺《おれ》さ、けっこうおまえに、その、優《やさ》しくしてるよね？」

「……ふむ？」

「な、なんていうか、その、だんごをおごったりとかもしてるしさ……」

「ふむ？」

「その、だからあの……」

とそこでフェリスがライナの言葉を遮《さえぎ》って、

「いったい、おまえはなんの話がしたいのだ？」

なんて言ってきて。

彼女の言葉にまた、ライナは震える。

なんの話がしたいのか？

それは……

ライナは、フェリスを見つめ、そして今度こそ覚悟《かくご》を決めて、言った。

「……あのさ、実は俺、こないだどっかに財布《さいふ》落としちゃって困《こま》ってんだよ。だから俺にちょっとだけ金貸し」

「却下《きゃっか》」

「早っ⁉　って、あの、俺の話を……」

「却下」

「いやいやいや、頼むって。あの、これ冗談《じょうだん》じゃなく、まじで困ってるんだって。王の奴《シオンやつ》は給料前借りさせてくんないし……給料日までまだ一週間もあるし……宿代すら払《はら》えなくて追い出されそうだし……おまけに実はもう二日も飯抜《めしぬ》きなんだぜ？　かわいそうだと思わな……」

が、ライナが言い終わる前に彼女が一言。

「思わない」

「って言うと思った‼　思ったけどさぁ……さすがに空腹も限界《げんかい》なんだよ！　だからこうして頼んでるわけなのよ！　そこんとこをちょこ～っとだけでも考えてもらえないでしょうか？」

もう、本当に限界は近かった。ここで金をゲットすることに失敗すると、空腹のままシオンに馬鹿《ばか》みたいに徹夜《てつや》でこき使われて、明日にも死ぬかもしれない。

だからとにかく、

「……あの、よろしくお願いできないでしょうか？」

ライナが今度こそ頭を下げて、頼みこんだ。

するとさすがにフェリスもわかってくれたのか、憐《あわ》れみの表情で彼を見つめ、優しい声《こわ》音《ね》でこう言ってくれた。

「ふふふふ、つまりは今日からおまえは、私に金で買われて下僕《げぼく》になると、そういうわけか？」

「……うあ、また予想通りの発言……」

「女に金を出させるヒモヒモ君になると、そういうわけだな？」

「…………いや、それは」

「じゃあ金は貸せないな」

言って、フェリスはぷいっとそっぽを向いてしまう。

それにライナは慌《あわ》てて、

「あ、いや、あの、じゃ、じゃあこの際、次の給料日までは、その、下僕扱いでも……」

「ご主人様と呼べ」

「……へ？」

「わたくしめは金で買われた下僕です。ご自由にお使いください、ご主人様。と言え」

「……あの……冗談だろ？」

途端、彼女はまた、ぷい。そのまま商店街の向こう側へと歩き去ってしまおうとして、

「って、あああああもう！　わかった！　言えばいいんだろ言えば⁉　あーえー……あの……わ、わたくしめは、金で買われた下僕です……ご、ご自由にお使いください……ご、ご、ご主人様………これでいいか⁉」

ライナが怒鳴《どな》るように言うと、彼女は満足《まんぞく》げにうなずいた。

「うむ。よかろう」

それにライナはほっと息をつく。

「じゃ、じゃあ、金を貸してくれんのか？」

するとと彼女はもう一度うなずいてから、

「いいだろう。だがその前に、一つ言わせてくれ」

「なに？」

「うむ。おまえはいま、財布を落として金がないと言ったが、それは嘘《うそ》だろう？」

「へ？　いや、嘘じゃないけど……」

が、彼女は首を振って、

「いいや嘘だ」

などと、勝手に決めつけてくる。

「私は知っているぞ。おまえはシオンに給料をもらうたびに、たいした稼《かせ》ぎもないのに狂《くる》ったようにウヒャウヒャ笑いながら女を買ったり、ギャンブルにあけくれるダメダメ男だということをな。だが、そろそろそういうダメダメな生活から、抜け出したらどうだ？」

というありがたいお言葉に、ライナは言った。

「…………いや、だからどうしていつも、俺がやってないことでっちあげて、おまえは俺を責《せ》めようと……」

ぷい。

「う、嘘！　嘘です！　俺が悪かったです！　これからは生活態度《たいど》を改《あらた》めますから、どうか今回だけは、今回だけはお金を貸してください〜⁉」

すると彼女は再びこちらを向く。相変わらず彼女はいつもの無表情だが、いつも彼女と一緒《いっしょ》にいるライナには、わかる。彼女が、あきらかに楽しんでいることを。

だからライナは、くそ。あとで絶対ぶっ殺してやる……という気持ちをこめて、

「あ、お許《ゆる》しくださいますか、ご主人様」

そう言った。するとフェリスはうなずき、

「うむ。以後、心を入れかえろよ？」

「はい！」

「では、金を貸してやろう」

「よ、よろしくお願いします！」

そして、フェリスは懐《ふところ》に手を入れ、財布を取り出す。

それは薄茶色の革《かわ》でできた財布だった。

二つ折りの財布。

よく……見知っている財布。

っていうかそれは、

「俺の財布じゃねぇえええかあぁあああああああああああああああ！」

ライナが怒鳴ると、フェリスは驚《おど》いたように首をかしげ、

「ん？　そうだったのか？　これは偶然《ぐうぜん》、おまえの部屋《へや》のテーブルの上に落ちていたのを拾《ひろ》っ……」

「てめぇが盗《ぬす》んだのかぁあああああ⁉」

ライナは絶叫《ぜっきょう》した。

ありえなかった。あまりにありえなかった。じゃあなにか？　ここ二日飯抜きだったのも、宿から追い出されそうなのも、給料前借りを頼んだときにシオンに『いえーい待って

ました！　仕事四倍コースでお金を貸してあげるよ！』なんて脅《おど》されたあげく、五倍働かされた上に金貸してもらえなかったのも、

「ま〜〜〜〜た全部てめぇのせいかぁああああああああああああああ！」

瞬間《しゅんかん》、頭の中でぷちんっと音がするのが聞こえたような気がした。もう、あまりの怒《いか》りで体がぶるぶる震え始める。

今度ばかりはもう、許せなかった。

そうじゃなくても空腹で気がたってるのだ。堪忍袋《かんにんぶくろ》の緒《お》も、袋ごと壊滅《かいめつ》しているのだ。

だからライナはぐぐっと強く拳《こぶし》を握《にぎ》りしめ、言った。

「て、てめぇ、今度という今度はぶっ殺してや……」

が、そこで突然《とつぜん》。

「なんてな。本当は今朝《けさ》、おまえの宿のそばの八百屋《やおや》の前で拾ったのだ。一目でおまえの財布だとわかったから、持ってきてやったのだが……」

と、フェリスが財布をあっさりこちらへ差し出してくるので、ライナは思わず、

「……へ？」

なんて声をあげてしまった。

「え？　じゃ、じゃあいままでの話は……」

「冗談に決まっているだろう?」

「えええ? そ、そうなの? あの、俺の財布盗んで、金は全部使っちゃったよ〜んとかいう、いつもの展開《てんかい》じゃないの?」

「あ、なるほど。そういう手もあったな。よし、いまからちょっと金を使いに……」

「いかなくていいから! ってか……えええ、じゃあ、まじなの? おまえ、ほんとに俺のために、財布を届《とど》けにきてくれたのか?」

するとと彼女はうなずく。

「うむ。信じられないのか?」

なんて聞かれても、信じられるはずがなかった。だって、いつものこいつの傍若無人《ぼうじゃくぶじん》悪逆無道っぷりからして、フェリスがライナのために財布を届けてくれるだなんて奇跡《きせき》が起こるはずないと思うのだが……

とそこで、彼女が言う。

「……そんなにも私は、信用がないか?」

「ない! ないどころの騒《さわ》ぎじゃない!」

ライナは即答《そくとう》した。だが、彼女はそれに。

「…………私だって……」

少し傷ついたような、悲しげな顔で言った。

「…………私だって……相棒にそこまでひどいことはしない。ただ、財布がなくて困っているおまえをからかって、ちょっと遊んでみただけだ」

「そ、そうなの？」

彼女はこくりとうなずいて、

「……だが、少し遊びが過《す》ぎたようだな。怒ったのなら、すまなかった……」

なんて、素直《すなお》に謝《あやま》ってきて！

あのフェリスが素直に謝ってきて⁉

逆にライナのほうが戸惑《とまど》ってしまう。

「って、いや、あの、お、俺のほうこそ疑《うたが》って悪かったっていうか……」

が、彼女は首を振って、

「いや、私も少し、おふざけが過ぎたようだ。さあ、財布を受け取ってくれ」

言って、彼女はぐいっと財布を渡してくる。

「あ、ありがとう」

ライナはそれを、受け取った。

すると彼女は照れたように微笑《ほほえ》む。

「で、では私は、だんご屋のタイムサービスの時間が迫《せま》っているからそろそろいくぞ？」

「うん」

「また明日会おう」

そして彼女は去っていく。

「ああ。また明日な」

ライナは手を振る。そして足早に去っていく彼女の後ろ姿を呆然《ぼうぜん》と見送ってから……

ぽつりと言った。

「……なにこの展開……？」

あきらかに違和感《いわかん》ありまくりだった。

一応渡された財布を見てみても、厚《あつ》さ的に金を抜き取られた感じでもないので、やはりいつもの……

全部使い込みました～♪　←

てめぇ金返せこんにゃろ！　←

うるさーい！　チャキーン（例の殺人剣を抜く音）

←ってなんで俺が殴られぐぎゃー⁉

的な展開とは、違うらしい。

それじゃ、いったいなんだ？

「財布に爆弾《ばくだん》でも入れてんのか？」

もう一度、財布を見る。

そして、開く。

すると中には金が……

金が……

「………………」

いや、財布に入っていたのは、金じゃなかった。

別の、なにか違う紙の束。

「……なんだこれ？」

と、ライナが取りだしてみると、紙にはそれぞれ、こんなことが書かれていて。

ニコニコろ～ん。

わくわくローン。

ローランド銀行 借用証書《しゃくようしょうしょ》。

おだんごローン21。

「………………」

と、それにやっと、ライナは安堵《あんど》の息をついた。ああ、やっぱりほら、いつものフェリスだ。おかしいと思ったんだよね。あいつが素直に財布を届けてくれたなんて。フェリスが優しいなんて、逆に気持ち悪いもんね？

ああよかった。

やっといつもの展開に戻《もど》った。

うん。

さて。

じゃあ。

「あの女《アマ》今度こそぶっ殺してやるぁあああああああああああああああ！」

と、叫んで、借用書だらけの財布を地面に乱暴《らんぼう》に投げ捨てようとしたところで、突然。

「………………あれ？」

ライナは、動きを止めた。

財布を投げ捨てようとした、先。

商店街を脇《わき》に入った、路地裏《ろじうら》の隅《すみ》っこに、とあるモノが落ちているのを見つけてしまう。

「…………って、あれ……」

なぜか、妙《みょう》に気になるモノ。

「……あれれれ？」

と、ライナは吸《す》い込まれるように路地裏に足を運ぶ。そして、落ちているモノを、拾う。

それは、黒い革でできた、長財布だった。

銀《ぎん》の鎖《くさり》で装飾《そうしょく》され、がっしりと重みがある。

だが、その重みは銀の装飾のせいだけではないだろう。重さの理由は、パンパンに破裂《はれつ》しそうなほどに詰《つ》まった、中身のせいだ。

「っておいおい、嘘だろ〜」

言いながらも、ライナは財布を開いてみる。

すると中には、信じられないほど分厚い札束《さったば》が入っており、

「っておいおい、ウソだろ〜」

なぜかライナは同じ言葉をもう一度言った。

そのまま、彼は周囲をきょろきょろ見回す。

いやいやいや、あれだよ？　別に、ネコババしようとか、そういうことは思ってない

よ？　フェリスじゃあるまいし。だからほら、人に見られても別に問題はないんだけど、なんというか、こんな大金を持ってるってことが知れて、持ち主に届ける前に誰《だれ》かに盗まれたりしてもいけないし……そういうわけで周囲を確認《かくにん》しただけでさ。全然やましい気持ちはないっていうか……

とそこで、ライナは財布のカード入れの部分から、持ち主の手がかりになりそうなものを、見つけた。

そのカードによると、持ち主の名前は……

「……王下軍令部所属《しょぞく》、クラウ・クロム元帥《げんすい》……？」

クラウ・クロム。

それは確《たし》か、知り合いの名前だった。シオンの右腕と呼ばれている男。無駄《むだ》にでかくて赤髪な男だ。

あまり仲《なか》がいいとはいえないが……というかむしろ仲はすごく悪いが……というかあの赤髪野郎《やろう》、『おらおら、てめぇは普段《ふだん》タダ飯喰《ぐ》らいで寝てばっかの、ローランドのお荷物男なんだから、せっかくのシオンの誕生日《たんじょうび》ぐらい死ぬ気で働けよ』とか言って無理矢理《むりやり》十二日間も徹夜させやがって⁉　なにが死ぬ気で働けだ！　俺は毎日シオンの馬鹿にこき使われてるっつーの！　おまえより働いてるっつーの！　と、いうような関係なのだが……

この財布は、偶然《ぐうぜん》にもそのむかつく赤髪野郎の財布らしい。

「ふむ」

知り合いの、財布。

つまり、届けるのも簡単《かんたん》だということだ。

「…………」

ライナは、財布を見る。きっと、あの赤髪野郎も財布を落として、ひどく困っているだろう。その気持ちは、つい最近まで財布をなくしてひーひー言ってた彼には、よおくわかった。

だからこそ、ライナはこう言った。

もう一度周囲を見回し、カードをしまって、財布を閉じながら、

「っておいおい、うそだろ～ん♡……まっさかこないだ落とした札束ぎっしりの俺の財布が、こ～んなところに落ちてただなんて、俺ってば気づかなかったよあはは～☆」

それから彼は、財布を自分の懐へと入れた。

懐が、いまだかつて経験《けいけん》したことがないほどずしりと重い。その感触《かんしょく》に思わず、

「ふ、ふふ、ふふふ……ま、まずは飯屋だな……それから高級ホテルに泊《と》まって……いやいや、このさい温泉《おんせん》でもいっちゃうかぁ？」

そしてライナは、歩きだしたのだった。

へらへらと笑いながら。

◆

一方場所は変わって。

その財布の持ち主は、とある超《ちょう》高級レストランにいた。

燃えるような赤い髪。鋭《するど》い瞳。

軍服に包まれているのは、鋼《はがね》のように引き締《し》まった体軀《たいく》。

クラウ・クロム元帥。

彼はシオンがまだ、この国の軍部にいたころから右腕だった男だ。現ローランド軍のトップ。いや、それでもまだ、紅指《こうし》のクラウ・クロムという通り名のほうが有名だろうか？

数多《あまた》の戦場で、その手を敵《てき》の血で真《ま》っ赤《か》に染《そ》め上げることで、近隣諸国《きんりんしょこく》では悪魔《あくま》とまで呼《よ》ばれたその右腕のほうが……

「…………」

クラウはその、右腕を見つめた。

軍服の下、彼の腕はいま、紅指などではない。『殲滅眼《イーノ・ドゥーエ》』の化物《ばけもの》に喰《く》い千切《ちぎ》られ、一度失われてしまった彼の腕は、《禁呪詛《きんじゅそ》》によって再生され、いまは漆黒《しっこく》に覆《おお》われている。

忌《い》まわしい、呪詛とともに。

とそこで。

「……クラウ様？」

透《す》き通るような声が、響《ひび》いた。

それにクラウは顔を上げる？

「ん？」

すると目の前では、一人の女がこちらを見つめていた。ローランド帝国《ていこく》内ではあまり見かけることのない、紺青《こんじょう》の長い髪。優しげな、青みがかった瞳。触《ふ》れれば壊《こわ》れてしまいそうなたおやかな美貌と、それでいてどこか気品ただよう真《ま》っ直《す》ぐな眼差《まなざ》しは、クラウよりも七つ下……まだ十七歳《さい》とは思えないほどの聡明《そうめい》さを備《そな》えている。

ノア・エン元エスタブール公主。

ローランドが取り込んだ、エスタブール王国王の、一人娘《むすめ》だ。

そのノアが、心配げな顔でクラウを見つめ、

「……やはりまだ、右腕が痛むのですか？」

その言葉に、クラウは笑って、

「いんや、もう全然？　ほれ、こーんなに動くぞ？」

そして、テーブルにあったデザート用のフォークを取って、器用にくるくるっと回して見せる。

それと同時に腕と《呪詛義手》の結合部に激痛《げきつう》が走るが、そんなことは表情に出さない。

クラウはただ、微笑んで、

「な？　心配いらないだろ？」

が、ノアはやはり不安そうに、

「でも……」

「大丈夫だから。ったく、おまえもカルネも、心配しすぎだぞ？　ちょっとくらい無理したって、俺の意志《いし》が《呪詛》に負けなきゃこの腕は暴走《ぼうそう》しねぇんだからさ」

「だ、だけど、あなたはちょっとどころか、いつも無理をしてしまうから……」

「んなことねぇって。ああもう、ほら、もうそんな話はいいから、デザート食っちゃえよ。ノアは食べるの遅《おそ》いから、俺、また腹減《へ》ってきちゃったぞ？」

するとノアはクラウの空になった皿《さら》を見てから、

「あ、ご、ごめんなさい」

慌ててデザートのケーキにフォークを入れ、口に運ぶ。すると彼女は幸せそうな顔になる。綺麗な顔が、笑顔でさらに綺麗になる。

「うまい?」

クラウが聞くと、彼女は大きくうなずく。

「クラウ様の連《つ》れてきてくれるお店は、いつもとってもおいしくて、驚かされます」

「そりゃよかった。まあ、ほとんどカルネが女連れてくために開拓《かいたく》した店を聞いただけなんだけどな」

そう。クラウがこの店にくるのは、初めてだった。紹介者《しょうかいしゃ》のいない一見客《いちげん》はお断《ことわ》り。正《せい》装《そう》でない者もお断り。ある程度《ていど》の地位にない者もお断り。おまけに必ず現金払いの規則《きそく》までついているくせに、値段《ねだん》もべらぼうに高いという、本当に超高級店。

カルネが貴族《きぞく》の人妻《ひとづま》に教えてもらった店らしいのだが……

とそこでノアが、少し意地悪な目になって、

「とか言って、本当はクラウ様が他の女性の方ときているんじゃありませんか?」

しかしクラウは、あきれ顔で手を振った。

「ないない。こんな貴族専用《せんよう》の気取った店、俺の趣味《しゅみ》じゃねぇしな。料理も食った気しねぇしさぁ」

するとノアが急に困惑《こんわく》したような顔になって、

「え、それじゃあクラウ様は……」

が、そこでクラウはまた、彼女の言葉を遮る。

「いや、楽しんでるよ。おまえが笑ってうまいって言ってくれりゃ、それでいい。連れてきたかいがあった」

「……あ」

そこで、彼女はなぜか、顔を赤らめる。

それにクラウは首をかしげ、

「どうした？」

「……いえ、あの……とっても、おいしいです」

「そりゃよかった。んじゃ、さっさと食えって」

「は、はい」

そして彼女は、再びケーキを食べ始める。

その姿をしばらく見つめ、それから周囲を見回す。まわりには豪華《ごうか》なドレスや宝石で飾《かざ》り立てた貴族どもがたくさんいて。

「……ったく、だから貴族がくるようなレストランは嫌《いや》なんだ」

ノアに聞こえないよう、小さく言った。

クラウは、貴族が嫌いだった。それは彼の育った環境《かんきょう》のせいか、それとも……いや、どちらにせよ、奴《やつ》らがどれだけ飾り立てようと、ノアの美しさの足下にも及《およ》ばないと、クラウは思う。

それは見た目だけじゃなく、心の中まで。

クラウはノアがデザートを食べている間、貴族たちを観察《かんさつ》していた。目の前のテーブル、斜《なな》め前のテーブル、さらにその横のテーブル、どれも見知った貴族だ。裏でなにをしているかも、すでにすべて調べ上げている。あとはシオンが叩《たた》けという命令を下してくれるのを待つだけなのだが、さて。

とそこで。

「いらっしゃいませ」

また、レストランに新たな貴族が入ってくる。それにクラウは、レストランの入り口へと目を向けた。

すると入ってきたのはまた、無駄に豪華に着飾った貴族………では、なかった。

入ってきた男の姿に、

「なんだぁ？」

クラウは思わず、声をあげていた。

入ってきた男は……薄汚《うすよご》れたローブと白鎧《はくがい》が合わさったような、奇妙《きみよう》な服を着ていた。

髪の毛は寝癖《ねぐせ》で乱れ放題。目は死人のようにやる気なく、体はだらけきった猫背《ねこぜ》の長身痩軀《そうく》。

その男に、クラウは見覚《みおぼ》えがあった。

「……ありゃ、タダ飯喰らいの昼寝男じゃねぇか？」

するとノアもクラウがレストランの入り口のほうへ目を向けているのに気づいたのか、

「誰か、お知り合いの方でもこられたのですか？」

という言葉に、クラウはレストランの入り口を指さして、

「昼寝男が入ってきた」

「昼寝男……？」

ノアは首をかしげ、身を乗り出す。

「あ、ライナさんじゃないですか。ライナさんもこのお店のお得意様なのでしょうか？」

なんてことを言ってくるが、そんなことはありえない、と、クラウは思った。

あの昼寝男がシオンからいくら金を騙《だま》し取ってるかは知らないが、本当にそんじょそこらの金持ちレベルじゃ、この店にくることはできないのだ。それほどこの店の代金は高い。

自分だってこのあいだの博奕《ギャンブル》で一山当ててなければ、ノアをこんな頭のおかしいほど超高

級な店に連れてくる気にはならなかったろうし……と、彼は自分のパンツの後ろポケットにねじ込んできた、札束で分厚くなった財布を探《さぐ》ろうと……

探ろうと……

「んぁ？」

「あああ？」

そこで初めて、気づいた。

さ、財布が……財布がない！　はぁあ？　うそだろ？　だって賭場《とば》を出て、ノアとの待ち合わせに向かうときは確か……いやいや、いまはそんなことより、この店の支払いだ。ここは確か現金払いしか受け付けないはずだが。

とそこで、ノアが怪訝《けげん》そうな表情で、

「あの、どうしました？」

「…………」

「……クラウ様？」

「……なんでもない」

「で、でも、なんでもないような表情では……あ、まさかまた腕が!?」

「そうじゃない！」

「じゃあいったい、どうなさったのですか？」

不安そうに首をかしげるノアを安心させるよう、クラウはまた、微笑んで、

「大丈夫だから！」

と、力強く言ってはみたものの、じゃあどうする？　財布を落としたことはまあ、いい。

だが、財布を落としたからちょっと金貸してくれないかとノアに頼む、なんてかっこ悪いことは、絶対に嫌だ。

なら、どうする？

自分の名前を出して、強引《ごういん》に請求書《せいきゅうしょ》を王下軍令部に送らせるよう言ってみるか……

だ、だめだ。それじゃその辺にいる、権力を笠《かさ》に着た貴族たちと同じになってしまう。

なら、どうしたらいい？

「…………」

「…………うう」

そこで、クラウはレストランの入り口を、見た。タダ飯喰らいの昼寝男の姿を。

そして彼は、

「……くそ。あ、あんな奴に頭下げて金を借りるしか……道はないのか？」

苦しさに押《お》し潰《つぶ》されたような低い声で、そう言った。それでもノアにかっこ悪いところ

を見せるよりは、いくらかマシだろう。

　ああもう、仕方ない。

　クラウは再びノアのほうを向いた。

「……あ～……なんだ。俺さ、ちょっとあの昼寝男に、声かけてくるよ」

「あ、じゃあ私も一緒にご挨拶《あいさつ》を……」

　と、立ち上がろうとするノアに、クラウは慌てて、

「いやいやいや、いいって。ほら、まだケーキも残ってんだろ」

「でも……」

「いいんだって。あんな奴と話したら、おまえの口が腐《くさ》っちまうしな」

　その言葉に、彼女は困ったように、

「そんな……」

　と呟《つぶや》いて、しかしそれから少し嬉《うれ》しそうに、

「でも、他の男性と喋《しゃべ》って欲しくないって……クラウが嫉妬《しっと》してくれるのは嬉しいから、言うことを聞こうかな……」

　なんてことを、ちょっと恥《は》ずかしそうに言い出す。

「し、嫉妬って……いや、あの、ああまあそれでいいや。とにかくそれでいいから、ケー

キ食ってろ」

「はい」

彼女は嬉しそうに微笑む。その彼女のかわいらしい笑顔から顔をそむけ、クラウは顔をしかめる。

ああもう、やっぱり絶対ノアから金を借りるわけにはいかない。

やはりあの昼寝男から……と、クラウは立ち上がり、店の入り口へと歩き出した。

すると、店の入り口で昼寝男とレストランの案内係がなにやら押し問答《もんどう》しているのが聞こえてきた。

案内係が言う。

「だからさっきから何度もご説明させていただいてますが、この店は一見のお客様はお断りしているのです」

すると昼寝男が、

「なんでだよ？　金ならあるって言ってんだから、飯食わせてくれよ」

「でーすーかーら！　当レストランは、そういった気安い店ではなくてですね……」

なんていう言い合いが展開されていた。

それにクラウは納得《なっとく》した。どうも昼寝男はこの店の常連というわけではなく、たまたまどこぞで金を作ってこの店にやってきたようだった。だが紹介者がいないから入れない。ったく、どこで金を作ったんだか。まさかシオンの金をパクったんじゃねぇだろうな。なんてことを思いながらも、このままじゃかわいそうなので、声をかけてやることにした。クラウの紹介者だということになれば、昼寝男も店に入れるだろう。そのかわり金を貸してもらう。それなら、昼寝男に頭を下げる必要もなくなるし……

「完璧《かんぺき》だ……」

クラウは笑《え》みを浮かべ、手をあげた。

「あ〜、おいおいそこの店員。あのさ、そいつは俺の紹介で……」

が、そこで。

クラウの言葉は止まってしまった。

昼寝男が懐から、黒い革でできた、見覚えのある長財布を取り出したから。

「ああ？　ありゃまさか……」

しかし、昼寝男はさらにその財布を開いて、中に入っていた札束を見せ、

「ほら、金ならあるだろ？　ってか、頼むから食わせてよ。な？　いいもん食えると思って、腹減り我慢《がまん》してわざわざここまできたんだしさ……な？　ね？」

「だめです！　お金の問題じゃないんですから。それにこれもさっきから何度も申しあげ

てますとおり、ある程度名のある方でないと……」

が、そこで昼寝男はにやりと笑う。

「名のある方？　ああ、それなら大丈夫。名前ならすげーのがあるぞ？」

言ってから、財布から一枚のカードを取り出す。そしてそれをじゃじゃーんとばかりに
店員に見せつけ、

「どうだ！　このローランド帝国軍王下〜……なんだっけ……ああそうそう、王
下軍令部所属、クラウ・クロム元帥様の名前を知らないとでもいうつもりかぁ！」

なんてことをほざきだした。

瞬間、店員の声が冷淡《れいたん》なものに変わる。

「…………………ほう。では、あなたがあの、紅指のクラウ・クロム様で？」

「こ、コウシ？　あ〜……そ、そう！　その、それなんだよ！」

「ふぅむ。証拠《しょうこ》は？」

「だから、身分証《みぶんしょう》を見せてんだろう！」

「……身分証はいくらでも偽造《ぎぞう》できますしねぇ……それに、クロム様は確か、赤髪のはず
ですが……あなたは黒髪ですね？」

「そ、染《そ》めたんだよ」

「赤い瞳だというのも有名ですが？」

「い、いやそれがさ〜、今朝起きて鏡《かがみ》見たら、なんか目が黒くなってて俺もびっくりっていうか……ほ、ほら、髪の毛染める液が目に入ったのが悪かったのかな？　は、ははは」

「それになにより、紅指の通り名の由来《ゆらい》となった、右腕の刺青《いれずみ》を……」

「い、いや、もういいや。ンなに疑われてまで食いたいとは思わねぇよ。でも、このクラウ・クロム元帥閣下《かっか》様を門前払いしたこと、後悔《こうかい》してもしらねぇからな！」

言って、踵《きびす》を返し、帰っていこうとするクラウ・クロム元帥閣下様を、クラウはにらみつけ、にやりと笑った。少し声色を変え、

「あ〜、これはこれはクロム元帥閣下様、うちの店員がとんだ失礼をしてしまったようで……まあ、あの、一つご機嫌《きげん》を直して、当店でお食事をなさってくださいませんか？」

すると店を出ていこうとしていた昼寝男が足を止め、

「あ、やっと君たちもわかってくれたのかい？　んもぉ〜、クラウちゃんってば気が短いんだから、最初っから優しくしてくんないと、怒っちゃうよ〜ん？」

などとわけのわからんことを言いながら、昼寝男が振り返る。

そこでクラウは一歩前に踏み出して、

「そうだよなぁ。俺は気が短いもんなぁ？　だからもう、すぅげぇ怒っちゃったぜぇ？

ラ・イ・ナ・ちゃん」

瞬間。ライナの表情が凍《こお》った。

店員を見て、それからクラウを見る。

それにクラウは、

「おらてめぇ、俺の財布を……」

が、言い終わる前に、ライナは踵を返し、脱兎《だっと》のごとく店を出て行こうとしてしまって。

「あ、え!? ま、待てって! か、金……俺の金をおいてけ!」

だが、ライナは止まらない。凄《すさ》まじい勢《いきお》いで逃《に》げていく。

クラウもそれを追って走り出す。店から出て、中庭に出る。だが、二人の速《はや》さはほぼ同じぐらい。まるで距離《きょり》が縮《ちぢ》まらなかった。

それにクラウは舌打《したう》ちをした。金はいい。財布もいい。だが、このまま奴に逃げられたら、店に支払う金が……

「ま、待てって言ってんだろうが!」

するとライナが、

「アホかおまえは! 待てって言われて待つ馬鹿がどこにいんだよ!」

そりゃそうだ。と、クラウは考えこんだ。

なら、どうする？　あの勢いで逃げられたら、そう簡単には捕《つか》まえられないぞ。といって、ノアを店に残したまま、こいつと鬼《おに》ごっこしてるわけにもいかないし……

「…………わ、わかった！　じゃあ、中身の金はやるから、ちょっとだけ止まってくんねぇか？」

「とか言われて騙《だま》されると思ってんのか！」

「騙してねぇよ！」

「騙してる！」

「騙してねぇええええええってああもう、みみっちい野郎だな！　じゃあ、これでどうだ？　金はおまえが持っていく。だが、あのレストランの代金だけ財布に入れて、こっちに投げ返してくんねぇか？」

　という言葉にライナがふいに、走る速さを緩《ゆる》めた。そのままこちらを向いて、

「……うお、じゃ、じゃあもしかしておまえ、あんな高級レストランで飯食ってんのに、いま金持ってないのか？」

「だから慌ててんだろうが！」

「じゃ、じゃあもしかして、デートしてんのに、財布落としちゃったとか？」

「…………そ、そういうことになるな」

するとなぜかライナが憐《あわ》れむような顔でこちらを見てから、

「……さ、財布落とすと、辛《つら》いよねぇ……」

いきなり泣《な》き出した。

それにクラウはうろたえる。

「な、なぜ泣く？　お、おまえ、なんかあったのか？」

が、ライナはそれに答えず、意味不明に一人でこくこくうなずいて、

「いや、おまえの気持ちはわかった。そうだよな。辛いよな。でも俺もローン地獄《じごく》のいまや、この金を失うわけには……ああああでも、それじゃあの悪魔《フェリス》の奴と同じになっちゃうし……」

などと一人で悩《なや》みだす。なにやら毎日だらだら昼寝だけしているような男にも、いろいろと悩みはあるらしい。

ライナはひとしきり悩んだあと、

「……う〜あ〜も〜……よし、わかったよ！　財布、返すわ。でも、俺の飯代だけ、もらってい？」

あまりに絶望《ぜつぼう》したような表情で言ってきたので、クラウは肩《かた》をすくめて言った。

「……あ、いや、なんか金がいるなら半分くらい持ってっていいぞ？　どうせその金、博《ギャン》

突《ブル》で稼《かせ》いだあぶく銭《ぜに》だしな」

瞬間、ライナの目が輝《かがや》いた。

「ほ、ほんとか⁉」

「ああ」

「お、おまえ、意外といい奴だな⁉」

「意外は余計だ」

とそこで、ライナから財布が飛んでくる。それをクラウは器用にキャッチして、足を止めた。

するとライナはこちらに軽く手を振って、

「じゃあな。助かったよ。デート頑張《がんば》れ」

言って、走り去っていく。

それを確認《かくにん》してから、クラウはため息をついた。

「はぁ……えらい走らされたな……」

言いながら、彼は手に取った財布を開いてみた。

すると中には札束がぎっしり……

札束がぎっしり……

「…………」

いや、財布に入っていたのは、札束じゃなかった。別の、なにか違う紙の束。

「……なんだこりゃ？」

と、クラウが取りだしてみると、紙にはそれぞれ、こんなことが書かれていて。

ニコニコろ〜ん。

お散歩《さんぽ》ロ－ン。

お昼寝ざんまいロ－ン。

ローンで枕《まくら》・24。

すべてが、クラウ・クロム名義《めいぎ》。

「…………」

それにクラウは……

クラウはもう、逆に笑ってしまって、言った。

「……あっはっはっ、あんにゃろ、今夜中にぶっ殺してやらぁあああああ!?」

そして彼は《呪詛義手》を掲《かか》げ、再び走り始めたのだった。


（ろすと・うぉれっと：おわり）

ほっと・ほっと・すぷりんぐす

温泉《おんせん》。旅館。

そんなキーワードを聞いて、なにを思い浮《う》かべる？

男女。二人っきり。初めてのお泊《と》まり♡

そんなキーワードを聞いて、いったいなにを思い浮かべる？

「……やっぱ、あれだよね？　男女が二人っきりで温泉なんかいっちゃったらさ、なんていうかその……な、なんもないわけないよね——!!」

と、そんなちょっと頭の悪そうなことを叫《さけ》んだのは、ここローランド帝国王《ていこく》、シオン・アスタールの左腕《うで》とも呼《よ》ばれている男だった。

カルネ・カイウェル少将《しょうしょう》。十八歳《さい》。

年に似合《にあ》わぬどこか幼《おさな》い容貌《ようぼう》。温和そうな顔立ちに、ウェーブのかかった柔《やわ》らかい金色の髪《かみ》。そして愛らしい碧眼《へきがん》。

その碧眼をきらきらと輝《かがや》かせながら、カルネは手に持っていた二枚のチケットを、見る。

そのチケットには、こんなことが書かれていた。

『温泉旅館グリームスロコ・ペア宿泊券《しゅくはくけん》』

それに彼は、なぜかちょっと震《ふる》えながら、

「つ、ついに手に入れたぞ……超《ちょう》スーパーめちゃくちゃ人気温泉旅館・グリームスロコのペア宿泊券！　すごい高いのに予約完売で、コネがないと絶対買えないこのチケットを手に入れるため、商店街で買い物しまくって福引きに通い続けること二か月！　やっと、やっと僕《ぼく》は宝を手に入れたぁあああああ！」

と、彼が両手でガッツポーズをすると、目の前の福引き所のおじさんが言う。

「……よかったなぁ。ほんとあんた、がんばったもんなぁ……」

そのおじさんの手をがっと強く握《にぎ》って、カルネは言った。

「ありがとうおじさん！　これで、これでついに僕は、彼女に告白できるよ！」

「お、じゃあついにあの、ボルム書店の未亡人《みぼうじん》にアタックすんのか？」

「うん！　僕はついに告白する！」

「でも、二か月前に一度ふられてるよな？　大丈夫《だいじょうぶ》なのかい？」

そう。カルネはすでにボルム未亡人には、二か月前にふられていた。しかしカルネは力強い表情で、福引き所のおじさんに言う。

「ふふ、大丈夫さ！　なぜなら今度はこの、グリームスロコがあるからね！　美肌《びはだ》に効《き》くので有名な、女性人気ナンバー1の温泉のチケットをもらって、落ちない四十代未亡人はいないよ！　そうじゃなくても四十代といえば、お肌の曲がり角だしね！」

するとその言葉に、おじさんは半眼《はんがん》で、

「いやぁ、毎度のことながら、あんちゃんは動機《どうき》が不純《ふじゅん》だなぁ……」

「ビバ、不純異性《いせい》交遊！」

「……これが、ほんとにあの革命《かくめい》のときの英雄《えいゆう》、カルネ・カイウェル少将なのかねぇ」

「ああもう、待っててよ僕の未亡人！　さぁ、告白しちゃうぞ〜！」

「……………はぁ」

なぜかため息《いき》をついたおじさんは無視《むし》して、カルネは歩き出す。

商店街の向こうにある、ボルム書店へと。

ボルム書店は四年前に主《あるじ》を亡《な》くしてしまい、いまではその妻《つま》であるファジア・ボルム夫人が、健気《けなげ》にもたった一人で切《き》り盛《も》りしているのだった。そんなファジア未亡人が、最近とみに色気《いろけ》が増《ま》してきて……

「ああもう、貴女《あなた》を見つめるだけで、胸《むね》が破裂《はれつ》しそうです……ファジア夫人……」

と、カルネの心をくすぐりまくっていた。

久《ひさ》しぶりの恋《こい》。熟女《じゅくじょ》キラーと呼ばれてあまたの貴族《きぞく》の奥方《おくがた》たちを落としてきたが、こんなに胸がときめいたのは、久しぶりだった。

「………」

というか、なぜか最近は、シオンの秘書《ひしょ》だったフィオル・フォークルの妹、エスリナ・フォークルが彼の秘書になって以来、妙《みょう》に女にモテなくなってしまっていたのだが。

カルネが熟女にアプローチしようとすると、どういうわけか彼女が邪魔《じゃま》してきて……

「まったく、僕の秘書なら、僕の恋を応援《おうえん》しろっての！」

言いながらも、そっと周囲を見回す。

そして、エスリナがいないか、確認《かくにん》する。

「よし。大丈夫」

いや、大丈夫なのは、もうわかっていたのだが。カルネが今日彼女に与えた書類仕事は、いくら彼女が優秀《ゆうしゅう》だからといっても、そう簡単《かんたん》に終わるものじゃないのだ。

だから大丈夫。今日は邪魔は入らない。

「よし。いざ未亡人陥落《かんらく》へまいりましょう」

そして彼は、書店へと、入った。すると中にいたファジア夫人が顔をあげる。

「あら、いらっしゃいませ」

彼女はカルネを見ると、笑顔《えがお》になる。

それにカルネもにこっと笑って、

「お久しぶりです、夫人」

が、それに彼女はまた笑った。

「お久しぶりって、昨日《きのう》もきたじゃないですか」

「いえ、貴女に会えない時間は、たった一夜の間であっても、地獄《じごく》の業火《ごうか》に焼かれるように辛《つら》いのです」

「……まぁ、こんなおばさんをつかまえて、お上手《じょうず》なんですからカイウェル少将閣《かっ》……」

しかしその言葉を、カルネは遮《さえぎ》る。

「カルネと……そうお呼びください、ファジア・ボルム夫人」

そして彼は、そっと近づく。見る者が思わず警戒《けいかい》を解《と》いてしまうような、柔らかで魅力《みりょく》的《てき》な笑顔。それがカルネの得意技だった。そのまま彼はにっこり笑って懐《ふところ》に手を入れ、

「実は、今日は貴女のために、こんなものを用意しま……」

チケットを、とりだそうとしたところで……しかし突然《とつぜん》。書店の入り口。

扉《とびら》がばーんっと開く！

「カルネさん、なにやってるんですか!!」

なんていう、聞き覚《おぼ》えのある声が響《ひび》く。

それに、

「………あう」

懐に入れた、カルネの手が止まった。そしてそっと、振《ふ》り向く。

すると、書店の入り口には案《あん》の定《じょう》、思ったとおりの少女が立っていて。

肩《かた》で綺麗《きれい》にそろっている琥珀《こはく》色の髪に、利発そうな凜《りん》とした青い瞳《ひとみ》。年はまだ十四歳ながら、いまは亡き兄、フィオル・フォークルに似て、彼女はひどく優秀な子だった。

彼女がきて以来、カルネの仕事が大幅《おおはば》に楽になったのだが……

彼女はじーっとこちらを見つめてから、

「カルネさん、仕事さぼって、いったいなにをやってるんですか？」

「え、あ、いやその、し、仕事だよ？　今日も必要な文献《ぶんけん》を買おうと思って本屋に……」

しかし、エスリナはそれに、

「そんなのは私に言いつけてくれれば、買ってきますから！　早くカルネさんは仕事に戻《もど》ってください！　そうじゃなくても、カルネさんがいないと進まない案件《あんけん》が多いのに」

「え〜。だって僕、あの仕事嫌《きら》いなんだも〜ん」

「嫌いって……子供《こども》ですか！」

「子供だよ〜ん」

「んもお！　駄々《だだ》こねても、連《つ》れていきますからね！」

言って、エスリナはこちらに近づいてくる。

どうやらこのまま、連れ戻されるようだった。告白は、中止……こんなムードの中じゃ、さすがの高級温泉旅館グリームスロコでも、ファジア夫人は落とせないだろう。だからカルネは振り向いて、ファジア夫人に言った。

「すみません。今日は邪魔が入ったので……」

とそこで後ろから、

「邪魔ってなんですか！」

「えーと、とにかくそういうわけで、日を改めます。そのときにはぜひ僕と一緒に……」

が、そこでさらに後ろから、

「だめだめ！　カルネさんと温泉なんかいっても、ポイ捨てされるだけですよ！　この人、同じことみーんなに言ってるんですから！」

突然、そんなことをエスリナが言ってきて。

「え……」

カルネは思わず、エスリナのほうを振り返る。

「な、なんでエスリナ、温泉のことを？」

すると彼女は勝ち誇《ほこ》ったような表情で、

「ふふふ、私を誰《だれ》だと思ってるんです？　カルネさんの秘書ですよ？　秘書は、主のことはなんでも知ってるものです！」

「じゃ、じゃあ、僕が毎日福引きに通ってることも？」

「当然！」

「じゃあ、ファジア夫人を口説《くど》こうとしてることも？」

それに、エスリナはなぜかちょっとだけ悲しげな顔になってから、

「と、当然です！　でも、カルネさんにはそんな暇《ひま》はないんですからね！　さあ、仕事に戻りますよ！」

なんてことを言ってくるが、そんなのはどうでもいい。それよりも問題は……

後ろから、ファジア夫人が言ってくる。

「……へぇ……みんなに同じことを言ってるんですって？」

それにカルネは慌《あわ》てて振り返って、

「え、いや、あの、それは違《ちが》いま……」

「出てってくれます？」

「だから誤解《ごかい》……」

「二度と、顔を見せないで欲《ほ》しいです！」

「…………あう」

それで、すべて終った。久しぶりの恋が。二か月のがんばりが。グリームスロコが……

「ううう」

カルネは、がっくりと肩を落とし、書店を出る。するとなぜか、ちょっと嬉《うれ》しそうな表情のエスリナが、彼の肩をぽんぽんっとたたいてきて、

「さ、さあさあカルネさん、お仕事が待ってますよ！」

それにカルネはげんなりと、

「……え～……仕事なんかする気分じゃないよ～」

ほんとに仕事なんてできるはずがなかった。夢と希望《きぼう》と不純が詰《つ》まった温泉旅行が、完全になくなってしまったのだ。もう、明日からなにを目標《もくひょう》に生きていけばいいんだ？

「…………はぁ」

と、カルネは深い深いため息をつく。

するとそれにエスリナは、

「そんな……んもお、あんなおばさんにふられて、そんなに落ち込んでるんですか？」

「落ち込むに決まってんじゃーん。二か月だよ？　二か月無駄手間《むだでま》……こんなことなら、すぐ落ちそうな貴族のご婦人誘《さそ》って、そこらの温泉でもいっときゃよかった……」

そんなことを言って、カルネはさらに、がくっと肩を落とす。

するとそれにエスリナが、

「……………そ、そんなに温泉、いきたかったんですか？」

「んぁ？　あ～いや、別に、温泉はどうでも……」

が、エスリナはそれを遮って、さらにこんなことを言ってくる。

「……………じゃ、じゃああの、ほら、わ、わ、私！　私と、温泉いきませんか？」

「へ？」

「い、いきたいなぁ～グリームスロコ……私、温泉って初めてなんですよね～……そ、それも、男の人と二人っきり……だなんて……」

それに、カルネは彼女の顔を見る。

なぜか顔を真《ま》っ赤《か》にして、それからちょっと不安そうな表情で……

「……あ、あの……私とじゃ、嫌《いや》ですか？」

そう言ったときの彼女は、ひどくかわいらしかった。汚《けが》れを知らない、少女の初々《ういうい》しさ。

こんなかわいい子にこんなことを言われたら、落ちない男はいないだろう。

だからカルネは思わず、

「……………………………はぁ」

「って、なぜため息っ⁉」

「いや、エスリナはすごくかわいいんだけどねぇ。年齢《ねんれい》がちょっと足りないんだよねぇ」

「そ、それは私が子供ってことですか？」

「そう」

「じゃ、じゃあ……私が大人になったら……も、もう少しちゃんと……私のことを見てくれるってことですか？」

「うん」

「ほんとに⁉」

「もちろんさ。あと二十年ぐらいしたらね」

「遠っ⁉　私おばさんじゃないですかっ⁉」

「おばさん……その響き、いいなぁ……」

「よくなぁあああああああああい！」

そう叫ぶかわいいエスリナの頭をぽんぽんっとたたいて、カルネは笑った。

それから懐の二枚のチケットを出して……

「でもせっかくのチケット、無駄になっちゃったなぁ」

ほんとに仕事さぼってエスリナと温泉にいっても、それはそれで楽しいだろうけど、そんなことしたら死んだフィオルが『妹に手をだすな～』って枕元《まくらもと》に立ちそうだしなぁ……

エスリナとはいけない。エスリナが監視《かんし》してるから、他の女ともいけない。

となると……

「……う～ん……どうしたもんかなぁ？」

チケットをぴらぴら揺《ゆ》らしながら、カルネは小さくそう言った。

◆

温泉。旅館。男女。二人っきり。

初めてのお泊まり♡

そんなキーワードを前にして、

「……ううむ」

ローランド帝国ナンバー2の座にあるといわれているクラウ・クロム元帥《げんすい》は、悩《なや》んでいた。燃えるような赤い髪に、赤い瞳《ひとみ》。鍛《きた》え込まれたその体はまるで鋼《はがね》のよう。一度は失われたが、《禁呪詛《きんじゅそ》》によって再生された彼の漆黒《しっこく》の腕《うで》は、いま、その問題のチケットを手にしていた。

温泉。旅館。男女。二人っきり。

初めてのお泊まり♡

「………これで俺《おれ》に、ノアを誘えと？」

すると目の前にいたカルネがうなずいて、

「いや〜……クラウさんとノアさんも、そろそろそういう時期かと思いまして」

それにクラウは顔をしかめ、

「ああん？　そういう時期って、どういう時期だよ？」

すると相変《あいか》わらずカルネは意味ありげに楽しそうに笑って、

「ですから、そういう時期、ですよ」

つまり、そういうことらしい。それに、クラウはさらに顔を歪《ゆが》める。手にしたチケットをカルネのほうへぐいっと押し返し、

「おまえ、なんか勘違《かんちが》いしてるみたいだが、俺らはそういう関係じゃないぞ？」

「またまた〜」

「……あいつとは、ほんとにそういうんじゃねぇんだよ」

「いやいや、『まだ』そういう関係じゃないっていうだけで、この旅行で二人の愛は結ばれる！　ってこともありますよ？」

「ねぇよ！」

「なんで？」

「だから俺らはそういう関係じゃないんだって」

「え〜？　二人っきりでしょっちゅうデートしてるのに〜？」

「う……いや、あ、ありゃ、ノアがまだ、エスタブールからローランドにきて間もないから、友達が少ないだろうって思って、相手してやってるだけだよ」

しかしカルネは、

「ふぅん」

とにやにやしながら、こちらを見つめてくる。それにクラウはますます機嫌《きげん》悪そうな顔で、

「なんだよその顔」

するとカルネはこちらを見つめ、

「いやぁ、クラウさんはノアさんのこと、本格的に好きなんだなぁって思って……」

「あぁ!?　だから、おまえはいままで、なにを聞いてたんだ？　俺らはそういう関係じゃ……」

が、カルネはそれを遮る。

「だからですよ。僕知ってるんですからね。こんだけ仲良くなって、それでも手をださないときは……クラウさん、いつも本気のときでしょう？　自分はいつ戦場で死ぬかもしれ

ないから恋愛《れんあい》はしないとかそういう感じ？」

その、言葉に。

「…………そりゃ、おまえの勘違いだ」

「そうかなぁ？」

「そうだ」

しかしそこで、カルネはひょいっと一歩、クラウから離《はな》れ、

「ま、どちらにせよ僕はそのチケット、いらなくなっちゃったんで……じゃ、誰《だれ》でも適当《てきとう》な女の子見繕《みつくろ》って、いってください。これ、レアなチケットだから、きっと女の子喜びますよ」

「っておい！　俺もいらないって！」

クラウが怒鳴《どな》るが、カルネは無視してこちらにくるりと背を向ける。そしてさらに、

「あ、ちなみに、ノアさんのことも、この部屋に呼んでおきましたから……」

「はぁああ!?　って、おまえ……」

が、そこで、部屋の扉がトントンっとノックされる。そして、

「ノアです。カルネ様に、クラウ様が私をお呼びだと聞いてきたんですが……」

なんて声が、外からして。

「……て、てめぇ……」

クラウは、カルネをにらむ。するとカルネはにこにこと笑って、勝手に扉を開き、

「ようこそ、ノアさん」

扉の向こうから、一人の美しい女が姿を現わした。ローランドでは珍《めずら》しい、綺麗《きれい》な紺青《こんじょう》の長い髪。しなやかな身のこなしに、どこか気品ただよう理知的な青い瞳。

ノア・エン元エスタブール王国公主。

たった一人で敵国《てきこく》であるはずのローランドに取り込まれ、それでも健気《けなげ》に自分の務《つと》めを果《は》たそうとする彼女の姿には、まだたった十七歳の少女とは思えない、真《ま》っ直《す》ぐな美しさがあった。

だからこそ、クラウは彼女を守りたいと思うのだが……

カルネはノアの手を取って、部屋に引き入れると、そのまま自分は部屋の外へと出て、

「ではでは、今日はクラウさんからノアさんに大切な話があるそうなので、邪魔者は退散《たいさん》いたしまーす！」

という言葉に、ノアは小さく首をかしげる。

「……大切な話、ですか？」

その言葉にクラウは、

怒鳴ったが、しかしそれにもカルネはにこにこ笑って、

「では、健闘《けんとう》を祈《いの》っております！」

そして、去っていってしまう。

それにまた、ノアが、

「……健闘……ですか？」

それから少し考え込むように沈黙《ちんもく》してから、急に不安げな顔になって、

「ま、まさかクラウ様……またどこかの戦場へと向かわれるのですか？　では、大切な話というのは……」

が、それをクラウは慌《あわ》てて遮って、

「いや、違う違う。そんなんじゃない」

「ほ、ほんとうですか？」

「ああ。大丈夫だから」

それに彼女は胸を押さえ、やっと安堵《あんど》の息をつく。それからクラウの右腕を見て、

「もう、あのときのようなことは、嫌ですからね。血まみれで、死にかけて帰ってきて」

クラウはそれに、自分の、《呪詛義手》を見つめ、

「……ああ。もうあんなヘマはしねぇよ」

そう言った。

だがそれは、嘘《うそ》だった。今後もクラウは、軍人でいる限りは同じような目にあうだろう。どこかの戦場で、死ぬかもしれない。体中をバラバラにされて、死体だって残らない可能性がある。だからこそ、好きな女なんてのは作らないと決めたのだ。家族なんて必要ない。自分のために苦しむ奴《やつ》は、少しでも少ないほうがいい。

「…………」

だから、彼は、手に持っていたチケットを胸にしまおうと……

が、そこで。

ノアがこちらを見つめ、

「もう、遅《おそ》いんですからね？」

突然、そんなことを言ってきて。

その意味がわからなくて、クラウは思わず聞き返す。

「ああん？　遅いって……なにが？」

すると彼女は少しだけ悲しそうに、それでいて愛《いと》おしそうにクラウを見つめてきて、

「……あなたが……あなたが私のことをどう思っていようと……クラウ様が死んだらもう、

私は耐《た》えられませんから……」

そう言った。

「………」

それに、クラウは頭を抱《かか》えたくなる。

ノアの、あまりの聡明《そうめい》さに。

彼女はいつもこうなのだ。クラウがなにを考え、なにを悩《なや》んでいるのか、すべてを見透《みす》かしているようで。

クラウがどれだけ彼女から距離《きょり》を取ろうとしても、むかつくほど巧《たく》みに彼に近づいてきて。

瞬《また》く間に、なくてはならない存在《そんざい》になってしまった……

彼女の悲しげな顔。それを見て、

「………」

クラウは懐にしまおうとしたチケットを、もう一度取りだした。

カルネの言うとおり、もう、そういう時期なのかもしれない。うやむやにして逃げ回っていても、ノアがかわいそうだ。

クラウは、チケットを、見る。

『温泉旅館グリームスロコ・ペア宿泊券』

とそこで、カルネの言葉を思い出す。

温泉。旅館。男女。二人っきり。

初めてのお泊まり♡

ノアと二人っきりで、初めてのお泊まり……？

「………う」

そこで、クラウは小さくうめいた。

いやいや、いくらそういう時期だからって、いきなり温泉に誘うっていうのは、どうなんだ？　当然二人で温泉となったら、次はあれってことになるだろう？　だが、それって順序《じゅんじょ》としては、どうなんだよ？

や、やっぱ、違うんじゃないか？

相手はまだ、十七歳なんだぞ？

もうちょいこう、ゆっくりと……

が、そこで。

「クラウ様？」

「……んぁ？」

「……あの、さきほどから難《むずか》しいお顔をなさってますが、どうしたんですか？」

「へ？　難しい顔？　そ、そんな顔してないぞ？」

が、ノアは心配げな顔で、

「なさってます。やはり私に、なにか隠《かく》し事を……」

「してないしてない」

それにノアはまた、こちらを見透かすような瞳でじっと見つめてから、

「……それはカルネ様が言っていた、大切なお話……というのに関係があるのですか？」

その、言葉に。

クラウは、ぎこちなくうなずいて、

「あ～……なんだ。そんな、あらたまってするほどの話でもないんだが」

「はい」

「そのぉ～二人で今度、お、おんせ……」

「おんせ？」

「……おん……お……いや、こ、今度二人でピクニックでもいかないか？　って話だ」

するとノアが驚《おどろ》いたように、

「え？　ピクニックですか？」

それにクラウはうなずく。

「ああ。おまえもいつも王城《おうじょう》の周辺ばかりじゃ息が詰まるだろう？　少し、遠出しよう」

それにノアの表情がぱっと明るくなる。

「う、嬉しいです」

「そうか？」

「はい！　クラウ様がそのように私のことを気にかけてくれているだけで、私は嬉しいです」

「……い、いや、ほんとはここんとこ仕事漬《づ》けで、俺が外に出たいだけなんだけどな」

なんて言いながら、クラウは手に持っていたチケットをぎゅっと握りつぶす。

目の前では、お弁当《べんとう》を用意したほうがいいでしょうか？　なんて言って、いつになくはしゃぐノアがいて。

クラウは、思う。

やはり、二人っきりで温泉にいくよりも先に、やることはいくらでもあるだろうと。

「…………」

そしてそのまま、彼は握りつぶしたチケットを、再び懐へとしまったのだった。

◆

温泉。旅館。男女。二人っきり。

初めてのお泊まり♡

そんなキーワードを前にして、

「……これはいったい、どういうことでしょう？」

ローランド帝国の暗部を、一手に担《にな》っている男、ミラン・フロワード中将《ちゆうじよう》は小さく首をかしげた。

漆黒の、綺麗な長い髪。線の細い長身。

そしてすべてを見下しているような濃紺《のうこん》の暗い瞳で、フロワードは目の前の机《つくえ》——クラウ・クロムの執務卓《しつむたく》の上におかれた二枚のチケットを見下ろし、それから目の前にいる、赤い髪の男を見て、言った。

「……ふむ。この温泉旅館のチケットで、私にどうしろと？」

するとクラウは鬱陶《うつとう》しげにこちらをにらみ、

「だから、あまってんだよ。でも使う奴《やつ》がいなきゃもったいないだろう？」

とそこで、フロワードは冷たい瞳をさらに鋭《するど》く細め、

「……それであなたは、この温泉に私といきたいと、そう口説いているのですか？」

　という言葉に、クラウの表情が、あからさまに歪《ゆが》む。

「はぁあああ⁉　なんでそうなんだよ！」

「冗談《じょうだん》です」

「気持ち悪《わり》ぃ冗談言うんじゃねぇ！」

　それにフロワードは、肩をすくめ、

「いえ、あなたとノア・エン嬢《じょう》の関係の進み具合が、予想していた以上に遅かったものですから……もしかしたらよからぬほうへとご興味《きょうみ》があるのかと鎌《かま》をかけてみたのですが……では、私には興味がないと？」

　それに、クラウの表情がますます歪んで、

「ぶっ殺すぞてめぇ」

　だが、その言葉にフロワードはまた、暗い笑《え》みを浮かべた。

「安心いたしました。では、陛下《へいか》に対してよからぬお気持ちも……もちろん、ございませんよね？」

　とそこで、クラウも彼がなにを言いたいのかわかったのか、

「……ああ……そういう話か。ってか、どうしてそんなふうになるかねぇ？　俺がシオン

にそういう気持ちがあるわけねぇだろうが」

「ですが……」

それに、クラウはうなずく。

「だよなぁ。シオンの奴、女っ気、全然ねぇんだよなぁ……なんだ？　あいつは女嫌いなのかね？」

そう。問題は、そこだった。フロワードが仕《つか》えるこの国の王、シオン・アスタールが、まるで女に興味を示してくれないのだ。

どれだけフロワードが美女や美少女を用意しても、まるで手を出そうとせず……一時は男色家ではないのかと疑《うたが》ったことさえあったのだが、どうもそういうわけでもないらしい。

しかし、英雄王とまで呼ばれた名君が、このまま世継《よつ》ぎを作らないでいていいはずはないのだ。なんとか陛下の気に入る女を用意して、世継ぎを作る……それがフロワードの目下の目標なのだが……

フロワードは、聞いた。

「あなたのほうが、私よりも陛下とのお付き合いは長いでしょう？　陛下の女性の好みなど、そういった情報はないのでしょうか？」

が、それに、クラウは腕組みして、

「……う～ん。俺が知る限り、シオンが女と付き合ったって話は……聞いたことねぇんだよなぁ……あいつはいっつも仕事ばっかしてたからなぁ。昔からあいつを好きな女は死ぬほどいるんだけどな……」

「ふむ。困《こま》りましたねぇ……」

だが、クラウはそれにあっさり、

「ま、心配することねぇんじゃねぇか？　あいつももうちょいローランドが安定したら、女に興味持つだろ」

「そうでしょうか？」

「ってか、おまえのほうこそ、どうなんだよ？　いっつも暗い顔しやがって、好きな女の一人もいるのか？」

好きな女……

その言葉にふと、フロワードは沈黙《ちんもく》して、考える。

するとクラウがにやにや笑って、

「お？　なんだなんだ？　いっつも根暗な顔してるくせに、好きな女とか、いるわけ？」

「……いえ、まあ、性的な要素を使用して、利用している女は数人いますが……」

「帰れ！」

「もちろん、用件が終われば帰ります」

言ってから、フロワードはいくつかの書類をクラウの机に置き、

「明日までに処理《しょり》しておいてください」

「ば～か。おまえの頼《たの》みなんて誰が聞くか」

「まぁ、私はそれで構《かま》いませんが、困るのは陛下ですよ？」

「う……」

「さて、それでは……」

そこでフロワードは机に置かれた二枚のチケットを手に取り、

「なるほど。期限は、明日ですか。しかし、私にはいま旅行に出かけるような暇は……」

が、そこで、クラウが吐《は》き捨《す》てるように言ってくる。

「ああ？　誰がてめぇにやるっつったよ。どうせおまえ、これからシオンのところにもいくんだろう？　あいつ最近まじ仕事休んでないから、骨休みに、女でも連れて温泉でもいけって渡してやってくんねーか？　って話だよ」

その言葉に、フロワードは手を、ぽんっと打った。

「なるほど。それは素晴《すば》らしい考えですね。わかりました。では、女付きで渡しておきましょう」

「…………え？　いや、まあなんでもいいけど……ちゃんと渡せよ？」

「おまかせください。では私はこれで」

「ああ。二度とくんな」

「はは。失礼いたします」

と、感情をまったく感じさせない声でフロワードは笑って、部屋を出たのだった。

◆

温泉。旅館。

男①女⑫の十三人っきり。

初めてのお泊まり♡

「さあ陛下、よりどりみどり、どの女でもご自由にお選びください！　そして温泉でお世継ぎをお作りください！」

なんて言って、女たちを引き連れて執務室へと押しかけてきたフロワードに、

「出てけ！」

シオン・アスタールは、思わず怒鳴った。

強い意志を感じさせる金色の瞳。気高い銀色の髪に、均整《きんせい》の取れた容姿《ようし》。まだ二十歳の

若さにして、ここローランド帝国の王である彼は、部下のフロワードを困ったような顔でにらみつけると、

「……もう、そういうのはやめてくれと言っただろう？」

が、フロワードはそれにいつもの冷たい表情のまま言った。

「しかしこれは、王がやるべき、職務《しょくむ》でございます」

「そういうのは職務と言わない。まったく、好きな女ぐらい、自分で決めるから……」

「しかし」

「しかしじゃない。いや、おまえが心配なのもわかるが……いまはそういう時期じゃないんだ。そのうち……必要なときがくれば自分で選ぶから。だからおまえはもう、そういう心配はしなくていい」

「ですが」

「ですがじゃない」

「されど」

「されどじゃない」

「しかれども」

「……おまえ…………怒るぞ？」

「…………わかりました」

と、フロワードは言ったが、あきらかにわかっていない。前回も、わかりましたと言ったのだ。なのにまたこんな、美人ばかり十二人も連れてきて……

とそこで、フロワードは懐からなにやらチケットを取りだし、そっとシオンの執務卓へと置くと、

「仕方ないですね。では、今日は帰りますが、この温泉旅館のチケットと、女たちはここにおいていき……」

「って女は連れて帰れよ！」

シオンが突っ込むと、フロワードは眉根《まゆね》を寄《よ》せて、

「いえ、ですが女を連れて帰ってしまったら、いつなんどき、陛下に『そういう時期』とやらが訪《おとず》れて、女が必要になるやも……」

「いいから出てけぇ！」

今度こそ、シオンは本気で怒鳴った。するとフロワードは残念《ざんねん》そうに肩をすくめ、

「わかりました。では、失礼いたします」

踵《きびす》を返し、部屋を出ていったのだった。

「…………………」

女十二人は、部屋に残したまま……

それに、

「……あいつ……」

シオンは、震える。だが、状況《じょうきょう》はさらに悪くなる。彼の目の前で突然《とつぜん》、女たちが、

「では陛下、ご奉仕《ほうし》させていただきます」

なんてことを言って、一斉《いっせい》に服を脱《ぬ》ぎ……

「ってちょっと待てぇえええええええ！」

「あら、陛下は服を着たままとか、そういうのがお好みで……」

「いやそうじゃなくて……」

が、言葉を遮ってさらに女たちが、

「では私は、服を着たままでお相手いたします！」

と抱《だ》きついてくる。

それをシオンはとっさにかわした。

一人かわし、二人かわし、三人目をかわ………が、三人目の女の動きは、ありえないほどの速さだった。あきらかに訓練《くんれん》された動き。その女は、巧みにシオンの右腕をつかむ。

「くっ」

シオンはうめいて、その腕を振りほどこうとするが、さらに四人目の女が、シオンの左腕をつかみ、動けないように関節を極《き》めてきて、

「ぐぁ⁉」

痛みに、シオンは地面にくずおれそうになる。そこに五人目が、信じられない速さでシオンのズボンを脱がしにかかって、

「き、君たちなにを……あああうっ⁉」

シオンは、必死にもがく。

ありえない。あまりにありえなかった。

フロワードはついに、実力行使で無理矢理《むりやり》世継ぎをシオンに作らせるつもりなのだ。

シオンのズボンを脱がそうとしている女が、言う。

「さあ皆さん！　いまのうちに！　フロワード様の言われたとおりちゃんと動いて！」

『はい！』

「はいじゃなくてぇえええええええ！」

叫んではみたものの、絶体絶命《ぜったいぜつめい》の状況は、かわらなかった。

やばい。このままじゃ本当に犯《おか》される……

というより、相手があまりに悪かった。はっきり言って、ここに集まっている女たちの

強さはシオンの敵ではないのだが……といって、手加減《てかげん》して押さえ込めるほどは弱くない。

つまり、本気で殴《なぐ》らないと、この女たちを止めることはできないということだ。

女を、本気で殴る……

それが、シオンにはできないとフロワードはわかっているのだ。でも、じゃあどうする？　このままじゃ本当に……

なんてことを考えてる間にも、ズボンのベルトが外されようとしていて……

女を蹴《け》り飛ばさないと、このままじゃ、本当にズボンを脱がされてしまう。

「……ああもう、ごめんよ」

と、足を構《かま》え、そしてシオンは、女を蹴り飛ばそうとした……

瞬間、そこですぐさま八人目の女がシオンの足のすぐそばに顔を持ってきて、

「あ、陛下はそういうご趣味《しゅみ》でしたか！　では、私の顔を、お蹴りください」

「蹴れねぇえええええええ!?」

シオンは絶望した。もう、なにもかも終わった。

もうだめだ。

がくっと、うなだれようとしたところで、しかし、彼は見つけたのだった。

救《すく》いの、神を。

執務室の入り口に、ひょいっと顔を出した、シオンの親友にして、万年やる気ゼロ男。

ライナ・リュートが、そこにはいた。

寝癖《ねぐせ》放題の黒髪に、眠気《ねむけ》に緩《ゆる》んだ黒い瞳。

ライナはその、眠そうな半眼でシオンの状況をしばらく見つめてから、言ってくる。

「……え〜と……つまり、ついにシオンもそういうお年頃《としごろ》ってことか？」

「ちがぁう！」

「またまたまた、隠《かく》さなくていいから」

「いや、ほんとにちょっと困ってるんだ。助けてくれないか？」

「……ふむ？　困ってる？」

と、ライナは再びシオンを見つめた。それから一度部屋の中を見回して状況を確認する。

そして気怠《けだる》い足取りで執務室に入ってきて。

それにシオンは、

「た、助けてくれるのか？」

が、ライナはシオンの横を、素通り。

「って、ライナ？」

が、その呼びかけにも答えず、そのままシオンの執務卓の引き出しを勝手に開け、中か

ら財布《さいふ》を取り出そうと、

「お〜い、ライナ？」

だが、ライナはさらに金目《かねめ》になりそうなものをごそごそと勝手に漁《あさ》り、最後に机の上においてあった、二枚のチケットを見つけると、

「うお、すげ、『温泉旅館グリームスロコ・ペア宿泊券』って、商店街の福引きで一位のやつじゃね？　じゃ、これもらってくとして……」

「ちょっとライナっ⁉」

しかしそんな叫びもどこ吹《ふ》く風で、ライナはチケットを懐にしまうと、再び気怠い足取りで部屋を出ていこうとする。

それにシオンは、

「ま、待ってくれって！　ほんと助け……」

「いやいや、ほんと、俺のことは気にしなくていいから。あれだろ？　みんなにシオンは、実は変態色情《へんたいしきじょう》王なんだって、伝えて欲しいんだろ？　大丈夫。俺が責任を持って街中に広め……」

「てめぇえええええええええ⁉」

「まあまあ、そんな喜ぶなって」

「ら、ライナおまえ、あとで覚えてろよ！　仕事百倍に……」

しかし、その言葉を遮って、女たちが、

「さ、邪魔者がいなくなったところで、ズボン脱ぎましょうねぇ〜」

「ちょっと待……ライナ、助け……」

「いや、俺もう温泉いかなきゃいけないから。バイバイ」

「は、薄情者《はくじょうもの》！　って、ほ、ほんとに助けないで出てくのか？　いや、ほんとに待っ……ってズボンも待てぇええぇ！　ちょ、ライナって！　ああもう、ほんと全員ぶっ飛ば……ぎゃぁあああああああああああ!?」

というシオンの悲鳴《ひめい》を完全に無視して、ライナは部屋から出ていった。

◆

温泉。旅館。

相棒《あいぼう》と久しぶりの旅。

「期限は、明日かぁ。どうすっかなぁ……一枚換金《かんきん》して、一人でいってもいいけど……ってか、やっぱフェリスの奴、チケットあるのに誘わなかったら、怒るかね？」

ライナは、商店街を歩きながら、手に持ったチケットを見つめながら、悩《なや》んでいた。

まったく手に入らないはずの、超高級温泉旅館の無料チケット……チケット屋で換金すれば、有効期限前日とはいえ、けっこうな額になること間違いなしなのだが。

こんなレアチケットを手に入れて、フェリスに黙《だま》ってたらあいつ、怒るよなぁ。

あいつ機嫌が悪いと、すぐ殴《なぐ》るし……

「……どうすっかなぁ……いや、まあ、金はシオンの財布ぱくったから、十分あるしなぁ……誘って、やるかなぁ？」

なんて、彼がチケットをぴらぴらさせながら歩いていると……目の前から、問題のすぐ殴る女が歩いてきた。艶《つや》やかな金色の長い髪に、異常なほど整《ととの》った容姿。

相棒の、フェリス・エリスだ。

彼女はいつもの無表情でだんごを食べ歩きしていて、こちらにはまだ、気づいていない。

それにライナは、再び手に持ったチケットを見つめる。

『温泉旅館グリームスロコ・ペア宿泊券』

噂《うわさ》じゃ、美肌に効果のあるお湯らしくて、女なら誰もが憧《あこが》れる、有名な温泉らしい。

「……いや、フェリスの奴、内面はともかく見た目だけは無駄に綺麗だから、美肌とかには興味ないかもしらんけど……」

ライナはふと、顔をあげて、フェリスを見る。すると彼女はいつもの無表情。だんご。

腰《こし》には剣《けん》という姿。それに、

「……ああ、まあ、誘って、やるかぁ……」

そして、ライナは歩き出した。

フェリスのほうへ。そして声をかける。

「おいフェリス。実はちょっといいもんが手に入ったんだけどさ」

という言葉に、彼女は顔をあげた。

それにライナは、

「あのさ、温泉旅館の、グリームスロ……」

が、その言葉を遮って、突然《とつぜん》！

「この馬鹿《ばか》ライナ！　いったいいままで、どこをほっつき歩いていた！」

「へ？　あ、いや、いままでシオンの……」

しかし、それも遮って、フェリスが言う。

「大事件だ！　大事件が起きたのだ!?」

「ん？　大事件？　なんだよ大事件って？」

すると彼女は、不敵に笑って、

「ふふふ、聞いて驚《おどろ》くなよ。なんと、さっき福引きで、私は三等賞を当ててしまってな。

なんと、『温泉旅館ボワーム・ペア宿泊券』を、手に入れてしまったのだぁ！」

言って、彼女は懐から、二枚のチケットを取り出す。ちなみに、温泉旅館ボワームというのは、ライナの持っているグリームスロコとは、比《くら》べることもできないほど一般的な、小さな旅館なのだが……。

フェリスは、自信満々で、

「どうだ！　おまえもいきたいか！　いきたいのなら三べん回ってわんと言ってみろ！」

なんてことを言ってきていて……。

それにライナは、

「…………」

手に、持っていたチケットを……。

「…………へぇ、そりゃすごいな。でもワンとかいうのはやだ」

「なんだと！　では温泉に連れてってやらんぞ」

「まあまあ。それより、よく当たったなぁ」

「まぁな。私は天才だからな」

「すごいすごい」

そんなふうに言いながら、彼は、手に持っていたチケット二枚を……

そっと懐にしまい、換金所に持っていくことを、決めたのだった。

（ほっと・ほっと・すぷりんぐす：おわり）

でんじゃー・ぞーん

突然《とつぜん》。

「きゃぁあああああああああああああああああっ!?」

女の悲鳴《ひめい》が響《ひび》いた。

続いてその女に、

「……こ、この人が……この人が私の裸《はだか》をのぞいてたのっ!?」

と、指さされて、ライナ・リュートは……

「………」

しかし、なにも言わなかった。

寝癖《ねぐせ》のついた黒髪《くろかみ》に、万年眠《ねむ》そうな黒い瞳《ひとみ》。猫背《ねこぜ》の長身痩軀《ちょうしんそうく》は、今日も今日とて、気《け》だるさに汚染《おせん》されきっている。

そんないつものやる気なしなし状態《じょうたい》の瞳でライナは目の前の女を見つめると……

女はまた、恐怖《きょうふ》に震《ふる》える表情で、

「い、いやぁあああああ!?　またよ！　またこの人、いやらしい目つきで私を汚《けが》そうとしてるわっ!!」

と叫《さけ》んで。

「……………」

ライナは、疲《つか》れきった声音《こわね》で言った。

「……なぁフェリス」

「……な、なに？　こんどは私に……なにをするつもりなの⁉」

「……いや……これっぽっちも、なんにもするつもりはないけどさ……」

「とかいって、また私を目で……そのやらしい目で……もういやぁあああああああ⁉」

彼女はまた、叫ぶ。

金色の長い髪。まつげの長い、切れ長の綺麗《きれい》な瞳。スタイル抜群《ばつぐん》の華奢《きゃしゃ》な体と、その細身の腕《うで》には釣《つ》り合わない、長大な剣《けん》が、腰《こし》にはささっている。

相棒《あいぼう》の、フェリス・エリスだ。

彼女は誰《だれ》もが目が奪《うば》われるほどの神懸《かみが》かり的美人で……

そんな美人が、

「変態《へんたい》！　悪魔《あくま》！　この、のぞき魔！」

そう叫んでこちらを指さしてきたら、当然……

とそこで、周囲の人たちから、

「なんだ？　いったいなんの騒《さわ》ぎだ？」

「なんか、あの美人さんの裸を、あの変態面《づら》の男がのぞいたとか……」

「な、そりゃうらやま……じゃなくて、ひでぇ野郎《やろう》だな……」

なんて……

「……ああ、いつもの展開《てんかい》か……」

ライナは、はぁっと小さくため息《いき》をつく。

ちなみにいま、ライナたちがいるのはとある温泉街《おんせんがい》だった。

フェリスが商店街の福引きで、『三等賞・温泉旅館ボワーム・ペア宿泊券《しゅくはくけん》』なんてものを当ててしまったので、二人でここまでやってきたのだが。

なぜか温泉街につくなり、まだ、温泉どころか、旅館にも入っていないのに彼女は……

「…………」

とそこで、ライナは目の前にいる、フェリスを見つめた。

彼女は相変《あいか》わらず、いつもの完全な無表情とは全く違《ちが》う、弱り切った乙女《おとめ》のような美しさで、こんなことを言っていた。

「……ああ、私の花の命も、こんな邪《よこしま》な獣《けもの》のせいで汚れてしまうのね……もう私、お嫁《よめ》にはいけないのね……」

「って、誰だよおまえは」

ライナが思わず突《つ》っ込《こ》むと、彼女はまた、恐怖に震え、

「わ、私の名前を聞いて……私の後をつけまわす気なのねっ！」

「まわすか！　っというより、なに？　これはなんなの？　なんで温泉街について早々《そうそう》、おまえは気持ち悪い女言葉で、俺《おれ》を罵《ののし》り始めたわけ？」

するとそこで、彼女はやっと満足してくれたのか、普段《ふだん》の無表情に戻《もど》ると、

「……ふむ。まあ、本番は目前だからな。とりあえず、予行演習《えんしゅう》をしておこうと思ったのだ」

なんてことを言ってきて、

「……はぁ？　予行演習って、なんの？」

「もちろん、温泉のに決まっているだろう？」

「温泉の？」

「うむ」

「いまのが？」

「うむ」

「…………どこが？…………」

まるでわけがわからなかった。

するとフェリスは、これだから馬鹿《ばか》は困《こま》るとばかりに首を振《ふ》って、

「これだから馬鹿は困る……」

態度《たいど》まんまのことを言ってきた。続いて、

「ライナ。もしかしておまえは、温泉初心者なのか？」

「へ？　あ、いや、初心者っていうか、初めてだけど……」

「……ふむ。やはりな。まったく……これだから、温泉をなめている素人《しろうと》は困るのだ。おまえは知らないのか？　温泉というものが、いかに危険《きけん》な場所なのか」

なんて言葉に、

「危険？」

ライナは、首をかしげた。

「温泉が危険ってのは、初耳だな。ただ、地面から湧《わ》いてるお湯に入るだけじゃねぇのか？」

が、それにもまた、彼女はこれだから馬鹿は手におえないとばかりの表情で、

「これだから馬鹿は手におえない……」

「ってまたまんまかよ！」

「ん？　なんのことだ？」

「いや、なんでもない……んで？　なにがどう馬鹿は手におえないって？」

するとと彼女はうなずき、

「うむ。だから、温泉はおまえが思っているよりもはるかに危険な場所だということだ」

「へぇ。そりゃ知らなかった。ってか、そんなに詳《くわ》しいってことは、フェリスは温泉にはよくいってたんだな？」

すると彼女はうなずき、

「いや、初めてだが」

「おまえも初めてかよっ！」

今度こそ、ライナは怒鳴《どな》った。

しかし彼女は気にしない。

「だが、どういうところなのかは、本で読んで知っている。あの、恐怖と戦慄《せんりつ》に満ちた、危険ゾーンのことは、すでに調べてあるのだ」

そう言って、少しだけ怯《おび》えるように、彼女は肩《かた》をすくめてみせた。

恐怖と、戦慄……ねぇ。

なんか、温泉という言葉とは、正反対のような気もするが。

「ってか、おまえの読んだ本には、どんなことが書いあったんだ？」

ライナが聞くと、彼女はさらに恐怖に顔を歪《ゆが》めて、語り始めた。

「……温泉……そう。それは邪悪《じゃあく》な魂《たましい》を持った獣たちが疾走《しっそう》する、暗黒の大地……女がひとたび温泉につかれば、男どもは狂《くる》ったようによだれを垂《た》らし、命がけで女の裸を一目拝《おが》もうと、襲《おそ》いかかってくるだろう……」

なんてことを言い出すフェリスに……いったいおまえはどんな本を読んでんだよ？　という突《つ》っ込《こ》みを入れる間もなく、彼女はこちらをじっと見つめ、なぜか自分の胸《むね》を隠《かく》すように押《お》さえると、言ってくる。

「……や、やめてぇ!?」

「だからなんでそうなる！」

しかし彼女はさらに、腰の剣に手をかけ、

「くぅ……こ、こうなったら、やられる前に、殺《や》るしか……」

「いやいやいや、だからおまえはなんの妄想《もうそう》を……って剣抜《ぬ》くなぁあああああああ！」

ライナは絶叫《ぜっきょう》した。

それにやっと彼女は我《われ》に返ってくれたのか、剣を戻し、

「と、まあ、これほどに温泉というのは危険な……」

「おまえのほうがよっぽど危険だよ！」

ライナが叫ぶが、しかし、フェリスは急に落ち着いた様子《ようす》になって、

「よし。ではさっさと旅館にいくか」

「って、あれ？　もう話は終わり？」

するど彼女はうなずく。

「うむ。温泉における、おまえの危険性はひとしきりこの温泉街の住人に伝えることもできたしな……」

言って、彼女は満足げに、周囲を見回した。

すると周囲からは、

「いやだぁ……あの人、変態らしいわよ」

「女の裸を見るためには、よだれを垂らしまくるらしいって」

「怖《こわ》ぁい。誰か、なんとかしてくれないかしら」

「自警団《じけいだん》の人に言って、捕《つか》まえてもらいましょうよ」

などなど。そんなみなさんの優《やさ》しい声に、フェリスはうむっとうなずいて、

「満足だ」

「なんの満足だよ？」

だがやはり、フェリスはこちらの言葉など完全に無視したまま、

「さて。地図によると、『温泉旅館ボワーム』とやらは、そろそろこのへんのはずなのだが……」

なんて言って、懐《ふところ》から地図を取りだし、広げ始めた。

「いや、あの、おーい？　俺へのみなさんの誤解《ごかい》は、いったいどうす……」

が、やはり彼女は聞かない。

「お、あれだ。あったあった。よし、いくぞライナ」

そう言って、歩き始める彼女に、

「いやだから……みんなの誤解を……」

とそこで、後ろから、

「あ〜。ちょっと君、話があるんだけど、きてもらえるかね？」

なんて声をかけられ、

「……あう？」

振り返る。するとそこには案《あん》の定《じょう》、屈強《くっきょう》そうな男たち——いかにも、自警団って感じの男たちがいた。

それにライナは慌《あわ》てて、

「あ、いや、あのですね……あの女が言ってたことは全部誤解で……」

「ああ、はいはい。そういう話は、向こうで聞くから……」

「いやだから……」

「ほらほら、抵抗《ていこう》しない。話はあとで聞いてあげるから」

「あの……その…………ああもう」

そこで、ライナは抵抗をやめた。

これは、ちゃんと話して誤解を解《と》かなきゃだめだろう。そうじゃなくても、今日から一泊、この街の温泉旅館に泊《と》まるのだ。自警団に誤解されたままじゃ、どうにもならないだろうし。

ああもうったく、めんどくせぇなぁ。

「……はぁ」

ライナは、ため息をついた。

そのまま、自警団に連《つ》れていかれながら、振り返る。するとフェリスは、こちらを一度も振り返ることなく、温泉旅館ボワームの門をくぐり抜けると、

「たのもーう！」

「って、道場破りじゃないんだから」

というライナの突っ込みは、すでに旅館の中に入ってしまった彼女には届かない。

そしてそのまま、
ライナは両肩をつかまれ、自警団に連行されてしまったのだった。
「………」

◆

三時間後。

ボワーム温泉旅館。

その旅館の、『愛《あい》しあう二人の間《ま》』などというふざけた名前の部屋《へや》に、

「てめぇえええはぁあああああああ!?」

ライナは怒鳴りながら、乗り込んでいた。

すると中では浴衣《ゆかた》を着て、すっかりくつろぎながら茶だんごなんかを食べていたフェリスが、

「お？　なんだライナ。無事《ぶじ》だったのか」

「無事だったのかじゃねぇえええええ！」

再びライナは、怒鳴る。本当に、『無事だったのか』どころの騒ぎじゃなかった。

三時間！　三時間もっ!!

「いやだから、あれはあの女の嘘《うそ》で……」

「またまた。犯罪者《はんざいしゃ》はみんな同じこと言うんだよねぇ」

「ほんとなんだって！　あいつ、いっつもそうなんだからっ!!」

「はいはい。で、君、住所はどこだっけ？」

「だぁあから、俺はなんもやってないってぇぇぇぇぇぇぇぇ」

の、繰《く》り返し。やっと説得《せっとく》して戻ってくるのに、無駄《むだ》に三時間もかかって。腹《はら》も減《へ》るし、眠くて死にそうだし、温泉入ってだらだら過《す》ごしたいし……もう、ライナの怒《いか》りは、頂点《ちょうてん》に達していた。

そのまま彼は、フェリスをにらみつけて、

「……てめぇ、今度という今度は、ぜってー許《ゆる》さねぇからな！」

叫ぶ。すると彼女はうなずいて、

「うむ。ところでライナ、この茶だんご、なかなかうまいぞ」

と、だんごを差し出してきて。

確かにそのだんごは、うまそうだった。

「ぐ……い、いくら俺が腹減ってるからって、そんなだんごの話で誤魔化《ごまか》そうとしても……」

しかし、それもやはり遮《さえぎ》られる。

「ほら、食べてみろ」

「ぐぁ……いや、だからそんな手には……」

「ふむ。いらないなら私が食べよう」

「ってちょっと待ってっ⁉」

「まったく！　食べるのか食べないのか、いったいどっちなのだ！　男の優柔不断《ゆうじゅうふだん》はみっともないぞ！」

「ええぇ⁉　ごめ……って⁉　なんでいつの間にか俺が怒られる側になってんだよ！」

そんないつもの展開に……

それに。

それにもうなぜか……

「………はぁ」

ライナはちょっとだけ、懐《なつ》かしい気分になった。

ローランドに戻ってきてからは、初めてのフェリスとの二人旅。だが、ちょっと前まではずっと、二人だけで旅をしていたのだ。

そして、毎度毎度、どこへいってもこんな感じに振り回されて。

とそこで、頭の中、フェリスの悪行がぐるぐると思い出されて、思わず言った。

「……うわ、俺ってば、よく死ななかったなぁ……」

するとフェリスは首をかしげ、

「ん？　どうした？　疲れてるのか？」

なんて言葉に、

「てめぇのせいだろうがぁああああああああああああああああああ！」

と、とりあえず絶叫しておいてから、ライナはハフっと息をついた。

「……ああもう、なんか久《ひさ》しぶりに二人っきりだから、おまえの無駄な遊びにどこまで怒鳴って、どこらへんであきらめるかのバランス、忘《わす》れちゃったよ……怒鳴り過ぎて、喉痛《のどいて》ぇし……」

「では茶でも飲め」

「……んぁ？　おまえがいれてくれんの？」

「うむ」

「じゃ、頼む」

「うむ」

彼女はうなずいて、お茶をいれ始める。

それをしばらく眺《なが》めてから、ライナは部屋の中を、見回した。すると部屋は、まあ、旅館によくあるような感じの部屋だった。

それほど大きくない室内に、大きめのちゃぶ台が一つ。壁《かべ》には、水墨画《すいぼくが》が一枚《いちまい》かかっていて。窓《まど》の外には、生《お》い茂《しげ》る木々と、川の流れが見える。

風流——といえば、風流な感じ。

川のせせらぎを聞いていると、少し気分も落ち着いてきて、

「……まぁ、せっかくの温泉なんだし、いちいちフェリスのやることに振り回されてても、疲れるだけか……」

言ってから、ライナはフェリスと向かい合うようにして、ちゃぶ台の横に腰を下ろした。

「…………」

するとそこに、お茶が差し出され、

「飲め」

「ありがと」

ライナはそれを、一口する。

「……ああ、しかし、相変わらずおまえがいれるお茶は、うめぇな」

「当然だ。茶だんごに合わせて、少し味を薄《うす》めにしておいた。一緒《いっしょ》に食べてみろ」

そして言われるままに、茶だんごを食べる。

すると確かに、お茶の味と茶だんごの味がちょうどいい具合だった。

それにライナは、フェリスを見つめ、

「……ほんとおまえって……だんごとお茶だけの女だよなぁ……」

「ふふ」

「って、いまのは褒《ほ》め言葉じゃなくてね……」

「ん？　そうなのか？」

言って、部屋の隅《すみ》に置いてあった剣のほうへと目を向ける彼女に、

「剣を探《さが》さない！　いや、おまえなぁ……もう、せっかく温泉きてんだから、少しはゆっくり過ごそうぜ？」

「ゆっくり？」

「んぁ？　温泉ってのは、そういう場所だろ？」

すると彼女はそれに、なぜかまた、例の恐怖の表情で、

「き、き、貴様《きさま》、ついに本性《ほんしょう》をあらわしおったな！　わ、私は知っているぞ！　男どもが女に、『疲れただろう？　僕《ぼく》、ここよりゆっくりできる場所を知ってるんだけど、そこでちょっと休んでいこうか』などと言ったときは、すでに男どもはいやらしい野獣《やじゅう》へと変貌《へんぼう》

し始めているから気をつけましょう……と、本に書いてあったしな！」

なんて言葉に、ライナはげんなりと、

「……だからいつも思うんだけど、その本ってのはどんな本なわけ？」

というライナの発言は、やはり無視される。

彼女はもう怒ったぞとばかりに、

「あれか！　おまえはついに私をホテルかなにかに連れ込んで、なにやらよからぬことをしようとしているのかっ！　しかし、そうはさせないぞ！」

ライナはそれに、あきれ顔で言った。

「……あ～、いや、あの……言ってみりゃ、もう、ここがその、ホテルかなにかだろ？」

その、瞬間《しゅんかん》だった。

彼女はなぜか驚《おどろ》きの表情で、

「い、いつの間にっ⁉」

「って、いまさらその反応《はんのう》？」

だが、彼女は止まらない。

「き、き、貴様、私をこんなところに連れ込んで、いったいなにをするつもりだっ⁉」

「いや……そんなこと聞かれてもなぁ……」

「い、嫌《いや》がる私を狭《せま》い個室に連れ込んで……」

「いやいや、誘《さそ》ったのおまえだし……」

「変態！　変態よ！　助けて⁉　誰か、誰か自警団の人を……」

「ってまたそういう展開かぁあああ！」

ライナは怒鳴った。それから、

「ってかもう、いい加減《かげん》疲れるからやめろって。だいたい、おまえがそういう反応してくるとさぁ……なんか……んと、なんかさ……あれ？　あら？　まじでなんか……いまさらながらに俺も、いろいろとまずいような気が……してきたぞ？」

言って、周囲をもう一度、見回す。

すると彼がいまいる場所は、狭い、温泉宿の部屋で。

いや、それは知っていた。知っていたんだけど……でも、もう一度だけ、確認《かくにん》する。

ライナがいまいる場所は、間違《まち》いなく、温泉宿の、狭い部屋だった。

そしてその部屋の名前は、なぜか、『愛し合う二人の間』なんていうふざけた名前で。

その、『愛し合う二人の間』に、いま、若い男女が二人っきり……

「…………って、いやいやいや……こ、こりゃもしかして、本格的にやばいのか？」

なぜか急に、不安になってきた。

なんか、これまでけっこう二人で旅してきて、野宿やら、狭い馬小屋《うまごや》やらで一緒に寝泊まりしたりもしてたから、いまいち感覚が麻痺《まひ》して一緒に温泉いくらい、別に気にならなかったけど……

しかし。

「………」

男女が、二人で温泉って……世間《せけん》の人から見たら、普通、どういうふうに見える？

「…………………」

とそこで、ふと、こんな想像《そうぞう》が浮《う》かんだ。

フェリスと二人でここに一泊して、再びローランドに帰る。するとシオンがあきらかに勘違《かんちが》いした、微妙《びみよう》ににやついたあの嫌味《いやみ》な顔でライナに向かって、こう言う。

『おっと……ついに二人もそういう関係に……』

ってそれはまずいだろおおおおおおおお！

ライナは、頭を抱《かか》えた。それから、目の前で相変わらず恐怖の顔で、

「いやぁ〜お〜そ〜わ〜れ〜る〜」

などと、むかつく女言葉で遊んでいるフェリスに、

「………あ〜、あのさ、フェリス……こりゃどうも、冗談《じようだん》言ってる場合じゃないぞ？」

ライナは、少しぎこちない口調《くちょう》で、言った。

それに彼女は首をかしげ、

「ん？　冗談？　なんのことだ？」

「いやだからさ……ああ〜、なんていうかその……あ、そうそう、あれだよ……俺さ、いま、金はあんだよ。昨日シオンの机《つくえ》から盗《ぬす》んだし……」

「ふむ。それで？」

「……いや、それでさ、提案《ていあん》なんだけど……俺、隣の部屋とろうかなぁ〜とか思……」

が、そこで。

トントン。

背後の、ふすまがノックされて、ライナの言葉は遮られてしまう。そして、

「失礼します」

一人の、十五、六歳《さい》の若い女の子が入ってくる。おそらくは仲居《なかい》さんだろう。彼女はこちらを見て、にっこりと笑うと、

「遅《おく》れていたお連れ様がご到着なされたようなので……あらためてご挨拶《あいさつ》にうかがわせていただきました。この度《たび》は当ボワーム温泉旅館にお越《こ》しいただき、まことにありがとうございます。お部屋の具合は、いかがでしょうか？」

その言葉に、ライナは、

「あ、いや、そのことなんだけどさ……できればもう一部屋用意を……」

しかしそれを遮って、フェリスが突然、立ち上がる。そして、

「うむ。部屋は満足だ。で、そろそろ本番へと向かおうと思っているのだが、用意はできているのか？」

なんて言葉に……

「えっ⁉」

急に仲居が、顔を赤らめて、

「……ほ、本番……ですか？　あの、こんな早くから？　で、では、至急《しきゅう》お布団《ふとん》の用意を……」

「って違ぁあああああああああぅ！」

そこで、ライナは慌《あわ》てて叫んだ。

「いやいやいや、あの、こいつが言ってるのはそういうことじゃなくてだな……あれだろ？　本番ってのは、温泉のことだろ？　な、フェリス？」

聞くと、フェリスは大きくうなずく。

「うむ。せっかく温泉宿にきたからには、温泉に入らなければ意味がないからな。温泉の

用意は、できているのか？」

するとと、仲居はほっと胸をなで下ろして、

「ああ、そ、そうですよね……私はてっきり…………」

そこで彼女は沈黙《ちんもく》してから、なぜか再び、顔を赤らめる。

ライナはその、彼女の頭に浮かんでいるであろう考えを想像して、

「……うう」

また、頭を抱えたくなった。

結局……そういうことなのだ。男女二人が温泉旅館にくる＝《イコール》そういうこと。

もし、っていうか絶対、なにもない自信はありまくりだが、それでもローランドに帰れば、シオンの奴《やつ》がにやにやと、

『それで、式には僕も呼《よ》んでくれるのかい？』

とか言われたくねぇえええええええええ！

ああもうヤバイ。これはヤバイ。と、とりあえず、せめて同じ部屋で寝る、なんて状《じょう》況《きょう》はなんとかしないと……

と、ライナは仲居に向かって、

「や、それでちょっと相談なんだけどさ、できればもう一部屋……」

「ではさっそく風呂《ふろ》に案内しろ」

「はい！　こちらでございます！」

「てめぇら俺の話を聞けぇえええええええ！」

が、やはり聞いてくれない。

フェリスはこちらを振り返り、

「おいライナ」

「あ」

すると彼女はライナを真《ま》っ直《す》ぐ見つめてきて、言った。

「のぞくなよ？」

「のぞかねぇよっ！」

ライナが怒鳴ると、後ろで仲居が、

「あは♡　旦那《だんな》さまってば、奥さまのお風呂をのぞかれるだなんて、よっぽど仲がいいんですね♡　憧《あこが》れるなぁ……」

「って、夫婦《ふうふ》じゃねぇえええええええ！」

ライナはまた叫ぶ。

しかしフェリスがそれに、深刻《しんこく》な顔で、

「そうなのだ……こいつは、世界変態ランキング2位を圧倒的《あっとうてき》大差で引き離して、もう、宇宙《うちゅう》に飛び出さんばかりの変態でな……風呂となればすぐのぞき。女と見ればすぐ野獣の、ダメダメ男なのだ」

「まあ……そうなんですか？　では奥さまも、さぞや気苦労が絶《た》えま……」

と、そこまでで、二人はさっさと部屋を出ていく。

「………」

もう、ほんとに、まったくこっちの言うことなど、これっぽっちも聞きやしない。

ライナは部屋に一人取り残されて。

再び聞こえてくるのは、優しい川の音と、風の音。

ここは温泉。

旅人が、疲れた心や体を休ませる場所のはずの、温泉。

その、温泉において……

「……うう……なんか、いつにもまして疲れてきたぞ……」

ライナは、ぐったりとため息をついて言った。

と、そこで。

彼は部屋のちゃぶ台の上に載《の》っていた、一枚の紙に目を留める。どうやらそれは、さっきまでフェリスが見ていたものらしいのだが。

そこには、

『当旅館の温泉は、美肌《びはだ》・肩こり、腰痛《ようつう》の他《ほか》、リラックス効果《こうか》により、精神疲労《せいしんひろう》にもよく効《き》きます』

なんてことが書いてあって。

精神疲労。

精神疲労か……

「……とりあえず、風呂入ろ……」

風呂に入って疲労をとってから、受付で新しい部屋を手配《てはい》してもらえばいいし……せっかく温泉にきたのだ。ゆっくりしないと。

「……はぁ」

ライナは今日、何度目かのため息をついてから、部屋の戸棚《とだな》に入っていた浴衣とタオルを取りだして、風呂へと向かったのだった。

◆

ボワーム温泉旅館、自慢《じまん》の温泉は、露天《ろてん》風呂だった。

湯煙《ゆけむり》に曇《くも》る、景色《けしき》。その向こうでは、夕陽《ゆうひ》が空を真《ま》っ赤《か》に染《そ》めていて。

雰囲気《ふんいき》は、抜群《ばつぐん》だった。

その湯船《ゆぶね》へと、ライナは足からつかって、

「……………うお、熱《あつ》つ……あ、気持ちい………くぅはぁ〜」

思わず、そんな声が出た。いままでの疲れが、一気にぶっ飛んでしまいそうなほど気持ちがいい。

山の向こうへと消えていく、鳥たちの声。

どんどん暗くなっていく空。

日が落ちていくほどに、顔に触《ふ》れている空気は冷たくなっていくが、風呂とその冷たさのギャップが心地《ここち》いい。

それにライナは、冷《ひ》えてきた頬《ほお》を温《あたた》めるように、ばしゃばしゃっとお湯で顔を洗《あら》って、

「……う〜あ〜……」

そんな声を上げた。

「………………う〜〜あ〜〜〜こりゃ、確かに精神疲労にも効きそうだわ……」

もう、気持ちよすぎて、そのまま寝そうな勢《いきお》いだった。

岩で囲《かこ》まれた風呂はかなり広くて、泳《およ》げそうなほど。いや、それどころか、これだけ煙《けむ》

っていると、風呂の向こう側に誰がいるのかすらわからない。

まあ、人の気配は感じられないから、誰もいないのだろうけど。

こんな大きな風呂を、独り占《ひとじ》め。

おまけにここは男湯だから、フェリスは絶対入ってこないし、シオンの馬鹿はローランドでいまも仕事中だろう。ということは、誰もライナを邪魔《じゃま》する者はいないのだ。

この静かな空間で、ライナはやっと自由を手に入れて……

「……うあ、なんか俺、おっさんたちが風呂入って、極楽《ごくらく》極楽とか言っちゃう理由がわかっちゃった気がする……」

なんせシオンやフェリスがいないだけでも、ちょっと極楽入ってるのに……

そこでライナは、

「ほいっ」

なんて言って、湯船を泳ぐ。浮かぶ。そのまま湯船に顔をつけて、死んだふりをする。

「…………………」

そしてすいーっと死体のまま、湯船を流れていったところで。

突然、風呂の、入り口のあたりから、

「たのもーう!」

なんていう、知っている女の声が響《ひび》いて、

「ぶばっ⁉」

ライナは、湯船から顔を上げた。

「って、は？　え？　な、なんで？　なんで男湯にフェリスが入ってく……」

「おー！　こっちの湯は女湯とはまた、趣《おもむき》が違うな。さあ温泉め、私の一撃《いちげき》を受けてみろ！　とう！」

ザバーン！

煙で姿は見えないが、彼女はどうも、湯船に飛び込んできたらしい。

「ってあいつは子供か！」

言いながらも、ライナはフェリスが入ってきた方向とは、反対側に逃《に》げる。

「ってか、ヤバイだろ、これ……一緒に温泉にいっただけでもやばいのに……一緒に風呂入ったなんてシオンの奴にバレたら……バレたら……」

が、そこでライナは首を振った。シオンにバレることなんて絶対にありえないことに、気づいたから。だって、いま、ライナは裸なのだ。そしてフェリスも裸。こんな状況で出会ったら。出会ったら……

「い、いますぐここで、俺は殺《や》られる……」

ライナは、湯船で全身がこれでもかと温まってるはずなのに、震えた。

「……うう……もう、温泉にすら俺の安息《あんそく》の時間はないのか?」

なんて半泣きになりながらも、彼は逃げる。

と、とにかく、フェリスに存在《そんざい》を気づかれるのは、まずい。ゆっくり、音を立てず、気配を消して移動《いどう》しな……

「む? 誰かいるのか?」

ってもうバレたぁああああああああ!

それにライナは、

「…………」

答えない。しかし彼女は、

「……おい、返事をしろ。いるのはわかっているのだぞ」

「…………」

「いまこの風呂は、仲居に言って貸し切りにしてもらっているはずなのだが……おまえはいったい、誰だ?」

なんて言ってきて、わかった。彼女がこの男湯に入ってきた、理由。あの仲居が……ライナとフェリスを夫婦だと勘違いして、妙《みょう》な気を利《き》かせたのだ。ライナはこの露天風呂に

入るとき、旅館の受付に許可《きょか》をもらって入ったのだが……それをわかってて、あの、仲居の奴、フェリスにこの露天風呂を貸し切らせやがった……

「……うう、勘弁《かんべん》してくれよ……」

ライナが小声で言うと、

「ん？　なんだ？」

「……うう」

「……まさか貴様、のぞきか？」

「……ううう」

そこで、フェリスが動きだす音がして、

「ふむ。のぞきならば、貴様を成敗《せいばい》……」

とそこで、ライナはとっさに裏声で、

「あ、あの、あたしは女ですっ⁉」

って、馬鹿か俺は！　だいたい、男湯に女がいるわけねぇだろ！　こんなんで誤魔化せるわけねぇだろうが！

と、思わず自分で自分に突っ込んだ。

しかしそれに、フェリスが、

「女？　女ののぞきか？」

なんて、ちゃんと騙《だま》されてるよ！

ライナはそれに、裏声のまま、

「……い、いえ、あの、あたしはこの宿の、仲居です……」

「ん？　仲居？」

「はい……ほ、本当に、申し訳ありません……休憩《きゅうけい》時間にちょっとだけお湯につかろうと思ったんですけど、あんまり気持ちよくて……まさかお客様が貸し切られてるとは思ってなくて……」

なんて嘘を、震える声音で並《なら》べていく。

しかしそれにフェリスは納得《なっとく》してくれたのか、

「ふむ。それは仕方ないな。まあ、私は気にしないから、ゆっくりしろ」

と、意外に優《やさ》しかった。

そうなのだ。彼女は、基本的にライナ以外には、それなりの対応をするのだ。ってか、なんでこいつは俺にはあんなに……あんなに……いや、まあ、いいけどさぁ……

そのまま、ライナは再び裏声で、

「い、いえ……でも、私もお仕事がありますし、これで……」

が、そこで。フェリスが湯船から、ざぶんっと出る音がした。なにやら、髪か体を洗うつもりらしい。体を洗う場所は入り口のすぐ側で、その脇《わき》を通って、姿《すがた》を見られずに外に出るのはちょっと、無理そうだった。

それにライナは、

「……うう……………あ、で、では、お言葉に甘えて、もう少し私、入ってようかな……」

「うむ。そうしろ」

それから、彼女は頭を洗い始めた。

その間ライナは、

「……………………」

ずっと、湯船につかりっぱなしで。

「……………………あ、熱《あち》ぃ……」

お湯の温度は、けっこう高かった。

四十三度くらいだろうか？　もう、風呂につかってから、三十分くらい。そろそろ、頭がぼーっとしてきて。

「……………」

ライナは、ひたすら待った。

彼女が、風呂を出るのを。

「…………………」

もう、こうなったら、彼女が出てから風呂を出るしか、道はないだろう。

だから彼は、待ち続けた。

「…………………」

だが……彼女は相変わらず、

「ふーんふふーん、だだだーんゴーゴー!!」

なんて、意味不明な鼻歌《はなうた》を響かせながら、体やらなにやらを洗っていて。

ライナはもう、ゆで蛸《だこ》寸前の真っ赤な顔になりながら、言った。

「……長《な》っげぇ……ってか、女の風呂は、なんでこんなに……長……うあ、吐《は》きそ……」

とそこでやっと、煙の向こう。彼女が体を流す音が聞こえてきて。

「や、やっとか……やっと終わっ……」

が、彼女は再び湯船につかってきながら、少し嬉しそうな声音で、

「さて、ついに本番の、お風呂でだんごパーティの時間でーす」

うそぉおおおおおおおおおおお!?

という悲鳴を、上げる気力はもう、残ってなかった。ただ、

「…………………………っっっ」

という、声にならない絶望《ぜつぼう》の悲鳴を上げただけで。

だが、フェリスのだんごパーティは終わらない。

「だーんごだんご、だんごは丸い♪」

あ、頭が……

「まぁるいだんごは、お月さま♪」

吐き気が……

「宇宙で一番強いんだ♪」

うわ、やば、意識《いしき》も……

「世界統一《とういつ》もう少し♪」

も、もしかして俺、このまま死……

とそこで。

「おっと……そうだ仲居、おまえもだんごを食べるか？　うまいぞ」

それに。

「………う、あう、あ……」

ライナはもう、答える余力は、残ってなかった。脳《のう》みその奥までゆだってしまって……

「ん？　どうした仲居？」

「……………う、う、あ……」

「んん？　おい、大丈夫《だいじょうぶ》か？」

フェリスが言って、こちらにこようとする。

状況は、最悪だった。

このままじゃ、このままじゃ、見つかる⁉

「……………ううあ……」

だが、もう、動けなかった。体にうまく力が入らなくて、そのまま、湯船に沈んでいきそうで。

吐き気と……鼻血が……

その、瞬間。

目の前に、

「おい仲居、大丈夫か？」

言って、素っ裸のフェリスが、目の前に現《あらわ》れようとしたのと同時。

「うあ」

鼻血が、出た。

おまけにタイミングが悪いことに、そこでぴたりとフェリスと目が合ってしまって。

彼女の目が、

「………お、おまえ……」

彼女の目が、いままで、見たこともないほど大きく見開かれ……

「………おまえは、ほんとに……」

そこで、

(い、いやいや、違うんだこれは……こ、これはそういう鼻血じゃなくて……)

と、弁解《べんかい》しようとしたが、声はもう、でない。そうじゃなくてももう、このまま意識を失いそうなのだ。景色もぐらぐら歪《ゆが》んでしまって、よく見えない。だから、フェリスの裸も決して見てないのだ。

ここ、大事。ここが一番大事なとこね。

ほんとに、ほんとに俺ってば、フェリスの裸なんてこれっぽっちも見てな……

が、そこで。

「きゃぁあああああああああああああ!」

フェリスが、珍《めずら》しくほんとに女の子のような声で叫んだ。そしてぼやけた視界の中、見えたのは、彼女の……彼女の、鉄拳《てっけん》だけで。

そしてその鉄拳は、鼻血がでているライナの顔面に突《つ》き刺《さ》さり、

「……ぐぎゃ……」

それでライナは、最後の意識を刈《か》り取られ……

彼の、楽しい温泉旅行は、終わったのだった。

◆

その、二日後。場所はローランド。

いつものローランド帝国《ていこく》王の執務室《しつむしつ》で、いつものようにライナは、こきつかわれていた。

目の前の机で、書類に埋《う》もれそうになってペンを走らせているのは、銀髪金瞳《ぎんぱつきんどう》の、ローランドきってのいじめっ子王シオン・アスタールだ。

続いて部屋の隅には、だんご無表情女のフェリスが、やはり黙々《もくもく》とだんごを食べていて。

「…………」

三人は、無言。

ライナはライナで、無理矢理《むりやり》押しつけられた書類をこなしている。

「…………」

　とそこで、ふと、フェリスが顔を上げた。

　そしてなにかを思い出したのか、急に顔を赤らめて、こちらをにらみつけ、

「…………こ、こ、この、のぞき魔が！」

　と、言われたのは、もう昨日から千二十二回目……

　それにライナは顔をしかめ、

「ってまたその話かよ……だから何度も見てないって説明したろうが」

「う、嘘だ！」

「嘘じゃねぇよ」

「だ、だが、おまえはいやらしい顔で、は、鼻血をぶばーっと……」

「だぁあああから、あれは長湯し過ぎてのぼせたん……」

　が、彼女は聞いちゃいない。

「も、もう殺すしか……この鼻血ブバーマンを殺すしか……」

「って誰が鼻血ブバーマンだよ……」

　というのに、シオンが顔を上げ、言った。

「で、ブバーマン君、二人の式には、もちろん僕も呼んでもらえるんだよね？」

なんて、もう、想像通りのことを言ってきて。

「いやおまえ、だからブバーマンってのやめ……」

が、フェリスが、

「ところでブバーマン」

「だーかーらー、ブバーマンてのは……」

が、シオンが、

「そうそうブバーマン君。今日は午後から貴族《きぞく》との会食が……」

「だからブバーマンってのやめろぉおおおお！」

という叫びもむなしく、ライナはそれから数日間、ブバーマンと呼ばれ続けたのだった。

温泉。

それは恐怖と戦慄に満ちた、危険な場所。

そしてライナは、固《かた》く心に誓《ちか》ったのだった。

「……うう……温泉なんて、もう二度といかねぇ……」


（でんじゃー・ぞーん：おわり）

なぐりこみ伝勇伝
青春のホウコウ

最悪の事態《じたい》は突然《とつぜん》やってくる。


その日は晴れていて。

ひどく穏《おだ》やかな陽気だった。

こんな日はきっと、世界中の人間が幸せな気分になってるんじゃないかと思えるほどの気持ちのいい日で。

だから誰《だれ》もが油断《ゆだん》していた。

ぼんやりと空を見て、今日は平和だなぁと呟《つぶや》いていた。

まさかあんな事件《じけん》が起きるとは、誰も思っていなかったから……

そして異常《いじょう》はもう始まっている。

あきらかな変化が、奇異《きい》が、異変がそこには厳然《げんぜん》と存在《そんざい》して、しかしそれに、誰も気付かない。

明らかな異常がもう、すぐ目の前にあるのに。

★

そしてライナ・リュートも、その異常に気付かない者の一人だった。

今日も今日とてやる気のない顔で、ライナは公園の芝生《しばふ》に大の字になって惰眠《だみん》を貪《むさぼ》っていた。

薄目《うすめ》を開けて天を見上げると、空はとても青くて。綿菓子《わたがし》みたいな雲がふわふわと無責《むせき》任《にん》に流れていて。

「……うぁ〜なんか、ほんと今日は気持ちいいなぁ〜……」

緊張感《きんちょうかん》のない、気怠《けだる》い声音《こわね》で呟《つぶや》く。

「……なーんか、やることない時って、なんでこんなに幸せなのかねぇ〜」

そう言って、大きく深呼吸《しんこきゅう》する。気持ちのいい空気が肺《はい》に入ってきて、幸せな気分になる。今日は本当に、ゆったりとした空気が流れていて、ちょっと気を抜《ぬ》くとすぐに眠《ねむ》りに落ちそうになる。

「はふぁ〜……さて、普段《ふだん》休めない分、今日はめいっぱい……三億《おく》時間ぐらい昼寝をしようかなぁ」

などと馬鹿《ばか》なことを言って、彼は目を閉《と》じる。

邪魔者《じゃまもの》は誰もいない。

彼の睡眠《すいみん》を邪魔するものは、誰もいない。

とにかく平和で。

その平和な午後の気持ちのいい時間に、彼は再《ふたた》び、深い夢《ゆめ》の中へと落ちていこうとした
……

瞬間《しゅんかん》だった。

「ら、ら、ら、ライナ⁉」

そんな、聞き覚えのある声が近づいてくる。

相棒《あいぼう》の、フェリスの声だ。

しかしそれにライナは、

「………………」

答えない。

答える必要がないのだ。だって、そういう決まりのはずなのだ。今日は自由時間。それはもう、みんなで決めたことのはずで。

なのに、フェリスは、

「ら、ライナ！　起きろ！　大変なことになったんだ！」

「…………」

「早く起きろ！　事件だ！」

「ああもううるさいなぁ……なんで俺《おれ》が起きなきゃいけないん……」

　が、そこで。

「いいから起きろおおおおおおお！」

　という声とともに、顔面がなにかに殴《なぐ》られて、

「ぎゃぁああああああああ」

　ライナは吹《ふ》っ飛んだ。

　芝生の上をごろごろ転がり、さらに噴水《ふんすい》まで飛んでいって、バシャーンって……

「なにすんだこのやらぁあああああ！」

　ライナは叫《さけ》んだ。

　すると目の前にはやはりあの女がいた。フェリス・エリスだ。彼女は水浸《みずびた》しのライナを見るなり、彼女には珍《めずら》しい、本当に動揺《どうよう》した、切羽《せっぱ》詰《つま》った表情で、

「た、大変なんだライ……」

　が、ライナはそれを遮《さえぎ》って、言う。

「あーうっさいうっさい！　それ以上は聞かないぞ！　今日は俺はお休みの日って、みん

なで決めたろう！　なのになにいきなり約束破《やぶ》ってんだよ！」

「い、いや、その約束のことはわかっているが、しかし大変な……」

が、それも遮って、ライナは言う。

「だぁもう、だから聞きたくないっつってんだろうが！　だいたい今日は俺の出番の日じゃないって、作者からもう聞いてんだ！　今日はクラウの過去《かこ》話やるはずだろう！　おまえだってだんご温泉《おんせん》日帰りの旅にいくとかわけのわかんねぇこと言ってたじゃねーか！なのになんでおまえが大変だーとか言ってきて、新しい物語が始まるよーみたいな展開《てんかい》になってんだよ！」

そう。

そうなのだ。

今日、ここでは、クラウ・クロムの過去話が展開されるはずで、ライナやフェリスはお休みのはずだったのだ。

なのになにこれ？

なんで俺ここに登場しちゃってんの？

「いったい、どういうことだよ」

ライナがフェリスに聞くと、彼女はいつになく深刻《しんこく》な顔で言ってくる。

「そ、それが……」

「それが？」

「……うむ。それがその、私が聞いた情報によると、作者の馬鹿が、締め切《しき》りを破ったその先の締め切りを破ったさらにもう落ちるぎりぎりの最終締め切りの前日に、『い、いま書いてるクラウの話が盛《も》り上がりまくって、書き下ろしには収《おさ》めきれないっていうかー、もうこの際《さい》ミラーとかルークの過去話も大々的に絡《から》めていきたいっていうかー、ローランド革命《かくめい》の話まで含《ふく》めて、もうここは長編ばりにでかいシリーズにしたいっていうかー、だから書き下ろし、いまからライナたちにやらせていいですかー？』とか突然担当《とつぜんたんとう》に言い出したらしいのだ！」

なんて、フェリスが信じられないことを言い出した。

『いまからライナたちにやらせていいですかー？』

って……はぁ？　冗談《じょうだん》だろ？

ライナは真《ま》っ青《さお》な顔になって、真っ青な空を見上げ、叫んだ。

「そ、そんなの聞いてねぇぞおい！」

するとさっきまで綿菓子のように美味《おい》しそうだったはずの白い雲が、禍々《まがまが》しい紫《むらさき》色に変わり、ふわふわとその形を変えて、文字の形になり始める。

その文字には、こう書かれていた。

『君たちの力で、おもしろくしてね♡』

「ざっけんなぁあああああああああああああああああああ!」

ライナは絶叫《ぜっきょう》した。

力一杯《ちからいっぱい》絶叫した。

そ、そんな馬鹿な。

そんな突然なに言っちゃってんのあの馬鹿作者!

「だ、だ、だって、一部の広告ではあれだろ? 『書き下ろしはクラウの過去編だよー』とかもう打っちゃってんだろ? だ、大丈夫《だいじょうぶ》なのかよ?」

ライナは空に向かって叫ぶが、空からは、

『…………』

「あ、あの野郎《やろう》、逃《に》げやがったああああああああああああ」

ライナは泣きそうになって叫んでから、フェリスのほうを向いた。

すると彼女も事態《じたい》のあまりの深刻さに、顔を青くしていた。

ライナは彼女に言った。

「ふぇ、フェリス」

「うむ」

「どうする？」

「と、とりあえず剣《けん》を空に投げてみるのはどうだろう？」

「えーと、そ、それで事態《じたい》は解決《かいけつ》すんのか？」

「全くしない！　どうしよう!?」

「いやどうしようって言われても……どうしよう!?」

二人は腕組《うでぐ》みして、考え込《こ》んだ。

とそこで突然、フェリスはなにかをひらめいたという顔になって、手をぽんっと打つ。

「いいことひらめいた！」

「まじで？」

「まじだ」

「なによ？」

「助けを呼《よ》ぼう！」

「んぁ？　助け？　こんな状況《じょうきょう》で、誰が助けてくれんだよ？」

「うむ。実は前にどこかで読んだことがあるのだ」

「ほう」

「こういうなにか、重大なトラブルを瞬《また》く間に解決《かいけつ》してしまうという、凄腕《すごうで》の男がいるらしいのだ」

「ほう！　そんな便利な奴《やつ》がいるのか？」

「うむ！」

「で、それ誰よ？」

ライナが聞くと、フェリスは大きくうなずいて、言った。

「うむ。彼の名は、武官弁護士《ぶかんべんごし》エル・……」

「ってそいつはだめだろおおおおおおおおおおおおおおおおおおおお！」

フェリスが禁断《きんだん》の名前を言おうとしたので、ライナは慌《あわ》てて叫んだ。

「い、いやいやフェリス、それはだめ。それだけはだめだって！　俺もそいつのことは知ってるが、あいつ優秀過《ゆうしゅうす》ぎて、この作品ごと乗っ取られちまうぞ！」

「む？　あのエル・ウィンとやらは、そんなに悪いヤツなのか？」

「うあ、こいつ名前言いやがった……ああ、まあでもそれはもうこの際いいか……ええとそれで、ああーうん。別に悪いヤツってわけじゃなくてさ、むしろ逆っていうか……すげえええええいいヤツならうえに仕事もできて好青年だからさ、こっちのファン、全部持っていかれかねないぞ？」

「うお……そ、それはまずいな……じゃ、じゃあどうしよう」

と、思いっきりうろたえた顔でこちらを見てくるフェリスに、ライナは顔をしかめる。

「ど、どうしようって、おまえまさかもう、あいつのこと呼んじゃってんじゃ……」

「その、まさかだ……」

「嘘《うそ》おおおおおおおおおおん!? 今日そういう展開？ そういうすごい展開になっちゃってんの？」

「う、うむ」

「じゃ、じゃああれか、主人公対決とかそんな話？ 無理だって！ 無理無理！ あんな好青年に勝てるわけねぇじゃーん！ 昼寝対決ならまだしも、好青年対決じゃ瞬殺《しゅんさつ》だぞ瞬殺……」

「だな」

「おまえどっちの味方なんだよ！」

「う〜ん」

「って嘘なんだろ？ ほんとは呼んでないよな？ 冗談《じょうだん》なんだろ？」

と、ライナが懇願《こんがん》するように言うが、フェリスは悲しい顔で首を振《ふ》った。

「す、すまない……残念ながら、事実なのだ……そして、もう一番最初の部分で、私が彼を呼んでしまったという印《しるし》が現《あらわ》れていたのだが……おまえは気付いたか？」

「ええ？　気付かなかった……どこどこ？」

「あの、最初の部分だ……場面転換《てんかん》のところが、『★』に……」

それにライナは慌《あわ》てて懐《ふところ》から原稿《げんこう》を取り出す。

ページをぺらぺらめくる。

そして！

「ほ、ほんとだぁあああああああああああ⁉　伝勇伝は場面転換、『◆』だもんな……ってか、◆と★の段階で、なんか華《はな》やかさで負けてる気がしねぇ？」

「す、する……うむ……し、しかしこんなところで負けるわけにはいかん！　よ、よし、今後の伝勇伝は場面転換を『♡』でいくぞ！」

「おお！　それ華やかな！　どんなシリアスなシーンでも♡にすることによってハートフルコメディなっちゃうよとかそんな馬鹿なこと言ってる場合じゃねぇえええええええええええええ！　あいつくるんだろ？　それ、ほんとやばいって！　絶対やば……」

が、そこで彼の言葉は途切《とぎ》れた。

そしてあんぐりと口を開けたまま、呆然《ぼうぜん》と空を見上げる。

なぜなら空には、信じられないものが飛んでいたから。

竜《りゅう》が。

「………………」

とんでもなく巨大《きょだい》な竜が、百匹《ぴき》ぐらい飛んでいて……

ライナは、震《ふる》えた。ぶるぶる震えた。

「……あ、ああいうの俺、本で読んだことある……」

それにフェリスもぶるぶる震えながら、

「わ、私もだ……とんでもなく強い竜を、エル・ウィンのヤツは足の小指一本で皆殺《みなごろ》しにしてしまうというあれだろ？」

なんて言葉に、

「それどのエル・ウィン？　そんな話は全くなかったと思うけど……ま、まあま、それでいいや。でも竜が飛んでるってさ……」

「うむ」

「な、なんか、こっちの世界観、変わり始めてね？」

「うむ……く、くるのだ。ヤツがくるのだ……あの優秀《ゆうしゅう》な弁護士が……ど、どうするライ

ナ。向こうの弁護士は、竜よりも遥《はる》かに強い上に、死神《しにがみ》やら魔獣《まじゅう》やら光の神様やら闇《やみ》の神様やらが依頼《いらい》にくる凄腕弁護士だぞ。おまえとは段違《だんちが》いの頼《たよ》りがいだぞ！」

「うあ、そういうこと言っちゃう？」

「言っちゃう」

「そ、そう言われてもなぁ……俺はほら、昼寝で勝負するタイプだから……」

「馬鹿が！　そんなことだからデートのときにあの絶世《ぜっせい》の美少女フェリスちゃんに『なんて頼りがいがないの!?　ぷんぷん』とか言われるのだぞ！」

「いや、そんな言われたことないけどね……それどころかおまえとデートしたこともないし……」

「言《い》い訳《わけ》無用！　さあ、おまえも男気を見せるときがきたのだ！　いけ！　いってあの空飛ぶ竜どもを、右足の小指一本で皆殺しにしてこーい！」

と盛り上がりまくるフェリスを見て、それから空飛ぶ竜たちを見上げ、ライナはなんかげんなりした。

「無理っす」

「この負け犬がぁ！」

とののしられ、しかし、ライナは拳《こぶし》を握《にぎ》った。今日初めて、やる気のある顔つきになっ

て、

「しかぁし！　このまま負けたままで引き下がるライナ様ではなーい！」

「おお！」

「俺にも考えがある！」

「ふむ」

「向こうが化物《ばけもの》をよこすのなら、こっちも化物で対抗《たいこう》する！」

「化物？」

フェリスの問いに、ライナは大きくうなずいた。

「奴《やつ》らの世界に、ルシルを送りこむ！」

「おおおおお！　兄様なら竜も小指で瞬殺かもしれん！」

「だろう！」

「うむ！　だがライナ、それには一つだけ、大きな問題があるぞ……」

「ん？　問題？　なんだよ？」

「私もあっちの作品に出てみたいから、兄様を送り込んで問題を起こすのはまずい！」

なんてことをフェリスが言い出して、それにライナは、

「え、あ、そりゃ俺だって向こうに出てみたいけど……あ、じゃあこういうのどうよ？

武官の奴がこっちきてファン奪《うば》ってく前に、俺らで向こういこうか？」

　するとフェリスは目を輝《かがや》かす。

「それ、ナイスだ！　ナイスアイディア！」

「だろーん。んじゃ、もういこ。さっそくいこ」

「うむ！」

「いや～、ミアちゃんに会えるかなぁ～」

　とライナが言うと、なぜかフェリスが両手で自分の髪《かみ》の毛を持って、

「ほれ、二つくくりだ」

「あ、あ、うまいなフェリス、でもミアちゃんとはちょっと違うなぁ」

「違うか？」

「違う」

「よし、向こうでミアちゃんにどうやるか聞いてみよう」

「それいいねー。じゃあ俺はあれだ。労働基準法《ろうどうきじゅんほう》を無視《むし》しまくって俺を働かせまくるシオンの馬鹿を、どうやって訴《うった》えればいいか、ウィンさんに聞いてみよう……」

「うむ！」

　とかなんとか言いながら、二人は、歩き出す。

どこか、遥《はる》か遠くの世界へ向けて。
彼らの運命は、果たしてどうなってしまうのか！
二人の旅は、始まったばかりだ！

以下、どこかのエル・ウィンのほうのおまけへ、つづく！

「続くのかよ！」

（青春のホウコウ：どこかへつづく？）

あとがき

そんなこんなで今回は、『キャラクター人気投票・完結編《へん》』があるので、長ぁ――い
あとがきです！

あとがきなのに本編並の力を注《そそ》いでお届《とど》けしているこの人気投票！

みんなが楽しんでくれていたら嬉《うれ》しいです。

でも、その前に！

今回の書き下ろし、読んだー？

いや――危険《きけん》！

すごい危険！

僕《ぼく》はびくびくしながら書いたねまじで！

まさかあれがああなるなんて!?（あとがき先読み派《は》もいるだろうからあえて書かないけど、あ、でも、後半ちょっとネタバレ的なところもあるから、やっぱさきに本編読んでおいたほうがいいような気はします）

えーとそれで、とにかく危険な作品で、そこでも書かれていたように、そのうちそういうのがまとまった本『ローランド革命《かくめい》前夜（いま適当《てきとう》につけた仮題《かだい》）』がでることもあると思うので、どうかよろしくお願いします。

そして今回の短編は、あれです。

ついに短編に、ローランドの主要キャラたちが総《そう》登場し始める巻ですね。

クラウファンやカルネファンやフロワードファンやノアファンやエスリナファンは、おまたせしましたーということで。

にもかかわらず、なんと！

今巻で『とり伝』シリーズは最終巻なのです！（ばばーん）

なんて言うと、

「えーーじゃあまだ収録《しゅうろく》されてない短編はどうなるんだよーーまだ相当あるじゃねーかよーおまけにまだ連載《れんさい》してるじゃねーかー」という突《つ》っ込《こ》みがありそうですが、残念ながら寂《さび》しいことに、これで最後なのです……

ってね。

ドラマガを読んでくれてる人は、もうなにが起こるかとかはわかると思うけど、ほら、十月に大々的に発売されるであろう長編の最新刊《さいしんかん》のほうが、

『伝説の勇者の伝説⑫』

ではなく、

『大伝説の勇者の伝説①』

になりそうだ――――というね、リニューアルにあわせてね、短編もリニューアルされるんじゃないかという……その……僕の予想です(確定《かくてい》じゃないのか！)

い、いやだって、このあとがきを書いてる段階《だんかい》では、その、まだ『大伝勇伝①』のほうすら書き上がってないしね……

で、でも、なんか十月あたりはすごいことになると思うので(編集部様はそう言ってくれているので!!)その、き、期待していてください！

まあだから、とり伝はこれで終わり！

さあ、次は何伝がくるのか！

ってそういう問題なんだろうか？

とにかく期待していてください。

そんなこんなでー。

みなさんお待ちかねの、前巻から引っ張りまくったキャラクター人気投票、最終結果発表をやってしまいます！

前回は16ページもあったのに、まるでページが足りなかったので、即《そく》始めます即！

じゃあいきま——す。

では伝勇伝キャラクター人気ランキング——

第19位は！

ぶ〜ちゃんです！

ではコメントをもらいましょう！

「……む？　私が19位なのか？　ふむ。確か前回の結果発表では9位だったような気がするのだが……ま、まさか、槍《やり》人気が落ち始めているのか!?　くぅ……やはり皆《みな》は見ていたのだ……修練《しゅうれん》不足の私を……世界最強とはほど遠い、ナマクラ槍な私の姿《すがた》を見て、あんなクソ槍には9位なんてもったいない、19位で十分じゃ！　と結論《けつろん》づけたのだろう。そしてそれは完全なまでに正しい……私は未熟《みじゅく》だ。そう。私は未熟なのだ。ならばすぐにでも旅に出ねばならん。修行の旅に……主《マスター》には……主《マスター》には……いや、今夜こっそり旅にでるとしよう。このようなナマクラな姿を、主《マスター》に見せるわけにはいかない……では、さらばだ皆の者」

そう言ってから、ひっそりと扉《とびら》を開けて、ぬいぐるみが去っていくのを僕は見ました。

さらに強力なパワーを身につけて彼が帰ってくるのを、待っております！

ではでは、次～。

第18位は！

バユーズ・ワイトです！

登場回数が少ないのに、かなりの上位に食い込んだ彼は、元エスタブール王国軍大佐の有名人で、クラウと並ぶ、現ローランド帝国軍元帥《ていこくぐんげんすい》……

「っておい馬鹿《ばか》作者、あの下品な便所野郎《やろう》と俺《おれ》を同列に扱《あつか》うなど、心外もいいとこ……っと、おっと、これは恥《は》ずかしいところを見せてしまいましたね。いや、みなさん、この度《たび》は無能なローランドの者たちではなく、わたくしを選んでいただき、感動しております。エスタブール軍の者たちを代表して、この、バユーズ・ワイトが、みなさんに感謝《かんしゃ》の念と、そして愛を送りたいと思います。今後ともみなさんの応援《おうえん》にて、エスタブール勢《ぜい》と、そしてなにより、我《われ》らが姫君《ひめぎみ》、ノア・エン公主様をご支援《しえん》、お引き立て願えればと、そう思っております。みなさんの愛ある、優《やさ》しさのこもった、強い『監視《かんし》』によって、あの汚《けが》らわしい野獣《やじゅう》――クラウ・クロムとかいうどこの馬の骨《ほね》ともわからぬ輩《やから》を、ノア様に近づけないよう、一緒《いっしょ》に頑張《がんば》っていけたらなと、思っています。それでは今後とも、よろしくお願いいたします」

と、ページ数のことなどまるで気にせず大演説《えんぜつ》して、彼は去っていきました。

馬鹿作者って、あの野郎！（笑）

では次いきまーす。

第17位は！

ノア・エンです！

ではさっそく、コメントをいただきましょう。

「あ、あの、バユーズ大佐が……じゃなかった、ワイト元帥が失礼なコメントをしてしまい、大変申し訳《わけ》なく思っ……」

「ひ、姫君が謝《あやま》る必要はありません！」

「いえ、ワイト元帥様、私たちはローランドに取り込まれた身……敗戦国がこれほどの厚《こう》遇《ぐう》を与《あた》えられているのです。私どもも少しは控《ひか》えねば……」

「そ、それはわたくしもわかっております。もちろんローランドの他の者たちにはわたくしも遠慮《えんりょ》しており……」

「なーにが遠慮してるだよ、好き放題やってるくせに」

「黙《だま》れ便所クラウ！　ここはおまえの出る幕《まく》ではないわ」

「あ、あの……」

「てめぇこそ黙れ馬鹿ワイト。てめぇは18位で出番終わってんだから、ノアの出番邪魔《じゃま》してんじゃねぇよ」

「あのその、二人とも……」

「お、おのれまた姫君を呼び捨《す》てに……もうだめだ。もう我慢《がまん》の限界《げんかい》だ。おまえを殺して、革命を起こしてやる！」

「ちょ、二人ともやめ……」

「おおいいね、やれるもんならやってみろよ。いつでもかかってこいや！」

「死ね！」

「てめぇが死ね！」

「きゃぁあああああ」

なにやら、取っ組み合いが始まって、可哀想《かわいそう》なノアが巻《ま》き込《こ》まれていくところまでで、長くなりそうなので次いきます。

第16位！

ミルク・カラードです！

「やったぁああああ！　私16位だあああああああああぁ！　んじゃね、この感謝の気持ちを込めて、お歌を歌いたいと思います。わったしは十六歳《さい》～♪　順位も十六～」

「抗議《こうぎ》します！」

「あれ、ルーク、どうしたの？」

「いえ、ミルク隊長は少し、向こうのほうへ。ラッハ、リーレ、ムー。隊長を」

「はい隊長、こちらにお花畑がありますよー」

「ほんとー？」

「ケーキもあります」

「カレーもね」

「か、カレー!?　いまいくー!!」

「……よし、隊長はいったな……で、作者…………作者答えなさい。私はあなたに話があるのです」

は、はい……？

「出てきましたね。ではお話しさせてもらいますが、あなたは前回の投票の中間発表のとき、こう書いておられました。ミルク隊長は伝勇伝三大ヒロインの一人だと。そうですよね？」

う、うん……

「なのに16位というのは、いったいどういうことでしょうか？　隊長のヒロインとしての魅力《みりょく》を、きちんと読者のみなさまに伝えるには、少し出番が足りないのではないでしょうか？　そのへんの説明をしてくれないことには、今日の私は帰りませんよ？」

え……いやあの、その……

「いやあのではなくて、私は説明を求めているのです」

うんと、ちょ、長編でね、大きな役割《やくわり》を担いそうなので、短編に出られなくなったというのが本当のところでね……

「では長編に出番があるのですね？」

う、うん、たぶん……

「たぶんでは困《こま》ります。今日は確約《かくやく》を持って帰りたいのです」

あ、安心してください。

「……いいでしょう。わかりました。信用しましたからね。では、次回の人気投票を楽しみにしてます。くれぐれもいまの約束をお忘《わす》れなきよう……さて。えー。ミルク隊長、ケーキ美味《おい》しいですか～♪」

こ……怖《こ》えぇえええええ!? 優しく微笑《ほほえ》んだまま詰《つ》め寄《よ》ってくるから、より怖《こわ》かったです。さすがローランド一のキレ者ですね。

それはさておき、次の結果にいきたいと思います。

第15位は！

ミラン・フロワードです！

ローランドの暗部を担《にな》う中将《ちゅうじょう》どのです。

では、コメントをもらってみましょう！

「……ふむ。前回6位、今回15位、ですか……これは、とても喜ばしい結果ですね。ラッヘル・ミラー少佐殿にも言われましたが、ここのところ少し目立ち過《す》ぎていたようですから……予定通りの結果に、喜んでいます。これでひっそりとまた、仕事をしていくことができます。ですがそれでも、前回の投票数よりも倍以上に膨《ふく》れ上がっているので、もう少し自重せねば……」

静かにそう言って、別に喜んだふうでもなく、彼は去っていきました。

相変わらずの人気で、票数もすごく多かったのですが、今回はラストのほうで上位陣《じん》が伸《の》びまくったせいで、人気の彼すら15位です。本当に上位は激戦《げきせん》なのです。

そしてフロワードを数票の差で制《せい》したのは――

第14位！

ルーク・スタッカートです！

「はいはいミルク隊長〜、口にケーキがついてますって！」

「えーどこどこー？」

「もう仕方ないなぁ〜いま拭《ふ》いてあげますから、ちょっと動かないでくださいね〜」

と、もう、こちらはランキングを完全に無視《むし》で幼稚園《ようちえん》のピクニックのような状態《じょうたい》になっています。これがローランドのキレ者争いでフロワードを押《お》さえた男にはまるで見えませんが、次回のミルクの順位によって、彼の本当の実力が見えるのかもしれません。

ではでは、次へいきたいと思います。

第13位は！

ネルファ皇国《こうこく》の大地にはえた竜《りゅう》です！

「…………………」

なぜこれが？（笑）

でも、結構《けっこう》票数が入っているのです。まあ、一番最初に登場した遺物《いぶつ》だからなぁ。いまはスイとクゥに回収《かいしゅう》されて、そしてライナの『複写眼《アルファ・スティグマ》』に消滅《しょうめつ》させられてしまいましたね。

では次の順位いきたいと思います。

なんとここからは、ここまでの投票の倍、さらに倍と滅茶苦茶《めちゃくちゃ》あがっていく、本当の意味の上位です。

ではいきます！

第12位は！

イリス・エリスです！

みなさんご存じ美人迷惑姉妹《めいわくしまい》の下のほう。前回、十三人いた同列24位というすごい下位から異常《いじょう》なまでのジャンプアップ！

ではコメントをもらいましょう〜。

「はーい、12位はイリスちゃんでしたー☆　なにが12位なのかはわかんないけど、すごいねー！　ジャンプアップあっぷあっぷなんだって！　あっぷあっぷーなんだー♪　そうなのだー♪　なのかー♪」

ずっと踊《おど》ってます。

ライナがいなくて突《つ》っ込《こ》み不在なので、次にいきたいと思います。

第11位は！

ゾーラ・ロムです！

ここのところ急速に人気が上昇している彼は、前回15位からのランクアップ。しかも票数もすごいです。なんとイリスから、さらに倍です。このへんから票数が本当に大変なことになってきてるのです。

では、コメントをもらいましょう。

「だぁあああトップテンから漏《も》れたぁあああ。くっそ〜ランキング始まって以来あの妙《みょう》な化物《ルシル》とも戦ったりして『どこぞのローランド最高の魔術師《まじゅつし》とか呼《よ》ばれた主人公より超《ちょう》かっこいいゾーラ様♡は、書き下ろしだけでも魅力《みりょく》がスパークしてみんなで投票よーっていやいやごめんよ僕は1位はとれないよだって1位はピアに譲《ゆず》らなくちゃいけないんだからさーあはは〜ん♡』とかなんとかそんな感じで上位を狙《ねら》ったんだけど、トップテン圏外《けんがい》って⁉ や、やっぱあれか？ やっぱ『とり伝』だけの登場じゃ、だめなのか！ そうなのか⁉ と、思ったら、上位に俺より登場回数少ねぇ奴《やつ》がいるらしい⁉ え、嘘《うそ》、じゃあ魅力負け？ そういうこと？ そういうことなのか⁉ だ、だめだ、ちょっと落ち込……

……ってあれ、おっと、ランキングよくよく見ると、ペリアの奴は……」

「あ、ゾーラ、それ以上言ったら僕だってさすがに怒……」

「うっわ。うっわ！ なにこいつ、42位でやんの一⁉ ぷぷぷぷ〜‼ ピア〜、ピア〜、見てこいつ、すっげぇランキング低……」

「あー！ あーそう！ ゾーラ、そういうことするんだ。そうなんだ。じゃあ、僕も手加《てか》減《げん》する必要ないね」

「ああ？ 手加減？ なんの話だよ？ 俺のほうがいつも手加減してやってるっての」

「いや僕のほうが手加減してるね」

「俺だっての」

「僕だね」

「あ、そう？ じゃあやるかオラ？ で、どっちがピアに相応《ふさわ》しい男か決着つけようじゃねぇか」

「いいよ。やろうじゃない。きなよ」

「てめぇがこいよ」

「やだね。弱いゾーラにハンデやるって言ってんの」

「なんだと馬鹿ガキが！　てめぇのハンデなんていらな……」

「死ね！」

「うわ卑怯《ひきょう》……とかいったりしてこっちからナーイフ!!」

『死っね!!』

と、この二人はいつもの喧嘩《けんか》を始めたので、次の話題へいきます。
しかしランキング最終発表は激戦《げきせん》のせいか、なんか喧嘩が多いなぁ……（笑）
気を取り直して。
それではいよいよ、トップテンに入ります！
第10位は！

クラウ・クロムです！

『とり伝』シリーズでは今回初登場にして、言わずと知れたシオンの右腕《みぎうで》。ローランド帝《てい》国軍元帥《こくぐんげんすい》の彼は、相変わらずの人気者です。

でも前回は5位だったので、5つランクダウンです。前回より8倍の投票数があったにもかかわらず、です。それほど上位は激戦なのです。

見事トップテン入りした感想を聞きま……

「絶対納得《ぜったいなっとく》できなぁあああああああああああああああああい！」

「ってうわ、いきなりなんだよカルネ。ここは俺の出番の……」

「いやいやみんなおかしいよ！　ちょっとみんな『伝勇伝⑪』のあとがきを見返してみてよ！　僕言ったよね？　クラウ先輩《せんぱい》みたいな筋肉《きんにく》超人に僕が負けるのは社会正義的におかしいって！」

「き、筋肉超人って、おま……」

「ハガキにカルネって名前書いて送ってね☆　お願いね☆　ってあんなに言ったよね？　なのになんでクラウさんと僕のランキングが21も離れてるんだぁああああああ」

「ちょ、おまえ黙れって」

「がは」

「……えー、と、いうわけで、俺に投票してくれたみんな……」

「見た⁉　いまの見た⁉　いまの暴力《ぼうりょく》政治！　筋肉政治を見ましたか⁉」

「筋肉政治って……なんだよ」

「富士見も富士見ですよ！　もっと四十代、五十代の熟女《じゅくじょ》の方々にアピールできるような紙面構成にしてくれないと、僕の正しい人気を理解してくれる方々が……」

「ああうるさいうるさい。もういいからおまえは黙ってろって。じゃ、さっさと終わるぞ。そんなわけで、みんな投票ありが……」

「……クラウさんなんか、今回書き下ろしに穴《あな》開けたくせに……」

「ってはぁ⁉　お、おまえ、どさくさにまぎれてなに言って……」

「ノアさーん、クラウさんってば浮気《うわき》してますよー」

「おおおおおおい！　おま、いったいなにわけわかんないこと言い出し……」

「ミアって子と浮気……」

「カルネぇえええええええええええええええええええええええええ‼」

なんか、どういうわけか彼は、作者的にもカルネぇえええと叫びたいようなことを言い出したので、ここまでにします。

よほど今回の投票が精神的にこたえたようです。次回はみんな、応援《おうえん》してあげてください（笑）

さて次は～。

第9位！

ピア・ヴァーリエです！

ライナの幼《おさな》なじみにして、天才美少女ピア・ヴァーリエは、ついに長編キャラたちをゴボウ抜きにして9位にランクイン。

さあ、その感想について聞いてみましょう。

「……うん。そうね。はいペリア、ゾーラ、ちょっと集合して～」

「え、なに？」

「はい？」

「あなたたちは、えーと、今回の、あたしのこのランキングの結果について、どう思ってるのかしら？　じゃ、まずペリアから言ってみて」

「……え？　あ、いや、すごいなぁって、思ってるよ？　だってほら、ピアはさ、書き下ろしに三回出ただけだし、それでこんな高い順位にいるなん……」

「はいペリア不正解。もう黙りなさい。次、ゾーラ」

「え、えっと、も、もちろん不満に決まってるさ！　ピアほど美人で強くて天才な女の子が、9位なんておかしいもんな！　俺は断固《だんこ》馬鹿作者に抗議《こうぎ》しようと……」

「はいそれも不正解」

「う？」

「あたしが二人を集合させたのは、そんなことじゃありません。あたしが聞きたいのは、あんたたち二人は、いったいハガキを何枚出したのかしら？　ってこと。もちろん一人一万枚ずつくらい出したのよね？　ってこと。なのにこの結果はどういうことかしら？　ってこと。さ、弁明《べんめい》してごらんなさい。はいまずはペリア。あなたはいったい、何枚だしたの？」

「……え……あの、ぜ……」

「ぜ？」

「ゼロ枚……ぎゃぐはあああああああ」

「……あらぁ、遠くまで飛んだわねぇ～。あの子昔から飛ぶの好きよねぇ……で、ねぇゾーラ？」

「う……う？」

「ゾーラはもちろん、ペリアみたいな薄情者《はくじょうもの》じゃないもんねぇ？　あたしのこと好きだもんねー？」

「……す、す、好きだけど……」

「じゃ、言ってみて？　あたしのことどれくらい愛してるか、具体的に、きちんとした枚数で示《しめ》してみて？　あなたはいったい、何枚分あたしを愛してるのかしら？」

「……そ、そ、そ、そのことについては、そ、その、そのその、俺、あの、ピア、ごめ……」

「あたし謝《あやま》られるの嫌《きら》ぁい」

「ぎゃぁあああああああああああああああああ」

「うん。これでよしと。まったく、ほんと仕事のできない男って嫌《いや》よねぇ。さて、えっと～……みんな、ピア・ヴァーリエでーす♡　今回は9位という結果に終わったけれど、みんなからの応援、すごく嬉《うれ》しかったでっす♡　でねでね、次回はもっと上位を狙いたいんだけど、ほら、みんなもさっきのペリアとゾーラみたいになりたくなかったら、次はあたしに投票するといいと思いまーす♪　ま、あたしの実力からすれば、長編のほうにちょろっと出演すればすーぐ1位取れちゃうだろうけどねー……そのうち出るから、みんなよろしくねー☆」

にこっと営業《えいぎょう》スマイルを浮《う》かべてから、死体のように地面に倒れているゾーラとペリアを引きずって、彼女は去っていきました。

なんか、超おそろしいですね。

でももっとおそろしいのは、このあとがきの分量ですね。

僕は小説の原稿《げんこう》以外で、こんなに長く文章を書いたのは初めてです。

だってさー、今回、あとがきスペースとしては破格《はかく》の16ページをもらったんだけどさー、いったいいま、何ページですかー？

え？　に、に、に、22ページぐらい⁉

へ、へぇ〜。

そりゃまずいよね〜？　きっとまずいけど、もう知りません。

ここで以下次号！

とか書きたいけれど、今回は本の表紙についてる帯に、ついに人気投票1位発表！　とか書かれてるらしいので、まだまだいきます。

まだまだまだいきます！（涙）

書き下ろしより何倍も多いっていったいどういうことよ！　とか叫びながら、どんどん発表していきます！

みんな。

みんなついてきてるかぁああああああああああああああ⁉

大丈夫《だいじょうぶ》かぁああああああああああああああああああ⁉

僕は大丈夫じゃないぞおおおおおおおおおおおおおおお⁉

引っ越しが忙《いそが》しいんだぁああああああああああ‼（それは関係ない）

と勢《いきお》いづいたところで——

じゃあ8位いくぞおらぁあああああ！

第8位！

クローウェル・サイラです！

前回異常なまでに大量の組織票によって1位を獲得《かくとく》してしまった無名キャラ、サイラさんことバブリン先生！　しかし今回は8位まで後退《こうたい》です。

でも、それでも8位！　7位以下のキャラクターたちの怒《いか》りの視線《しせん》を背負《せお》ってコメントをいただきましょう！

「い、怒りの視線って……あの、僕、帰らせてもらいます」

と、早々に帰っていきました。

帰り道に気をつけてもらいたいものです。ペリアとゾーラが待《ま》ち伏《ぶ》せしているのがちらっと見えたことは彼には伝えてません。

ではさくさくーっと次いきます。

第7位！

シオン・アスタールです！

伝勇伝、三大主人公の一人にして、ローランド帝国《ていこく》の若《わか》き英雄王《えいゆうおう》、仕事大好きシオン君が、まさかの、まさかの7位！

ちなみに前回は、1位の無名キャラ、サイラさんを除《のぞ》けば、ライナ、フェリス、シオンの順にトップ3に入っていたのに、今回は7位です！　そのことについて、どう思われますか？　シオンさん。

「ふむ。すごく興味深《きょうみぶか》いね。あ、でもそのまえに、私に投票してくれたみなさま、ありがとうございます。今後とも国が、世界が、良い方向へ向かっていくよう、頑張《がんば》っていきますので、私だけではなく、伝勇伝というこの作品すべてを応援していただければ、とても嬉しいです……よし、挨拶《あいさつ》終わり。で、なんだっけ？　ああ、僕が今回、7位に落ちたことについて、か。う〜ん、まあ、僕は順位とかはそれほど気にしないけれど、やはり、おもしろいなぁ。ここまでランキングに登場してないのって、誰だっけ？　ライナやフェリスは上位にいるんだろうけど、あとは、想像《そうぞう》できないなぁ。楽しみだなぁ。でも、仕事が忙しいから、結果までは見れないや。また今度、結果がどうなったか教えてくれよ」

そう言って、いつもの好青年っぷりを発揮《はっき》しまくりながら例の地獄《じごく》の執務室《しつむしつ》へと去っていきました。

はてさて、シオンの言葉通り、ここからはもう、ほんと予想のつかない、とんでもないことになってます。

みんなからの愛の投票により、前回の中間発表から、三百倍以上の投票を集めて大ランクアップしてるキャラもいるのです。

さあ、いったいここからどうなるのか！

発表します！

第6位！

フェリス・エリス！

おっとー。

ここで三大ヒロインの大本命が登場してしまいました。

迷惑暴走《めいわくぼうそう》だんご娘《むすめ》、第6位でございます！

このことについて、さぞお怒《いか》りであろうフェリスさんに、コメントをいただきましょう！

どうぞ！

「ふふ、ふふふ、ふははははははは、馬鹿《ばか》め！　私がこの程度《ていど》のことで怒《おこ》るはずないだろう！　この結果はすでに予想ずみだぁ！」

え、予想ずみだったんですか？

「うむ。今回のこの結果は、私が操作《そうさ》したものだからな」

え、操作？　そうなんですか？

「なんだ、まだわからないのか？　なら、『伝勇伝⑪』のあとがきを見てみろ。私はなんと言っている？」

『伝勇伝⑪』のあとがき？

「うむ。そこで私は、だんご神《しん》様より私のランキングが高いことを望んでいないと、そう書いているだろう？」

あ、確かに書いてますねぇ……

「で、今回の最終結果はどうだ。だんご神様は私より下位に登場してるか？」

あ!?　し、してない！

「そのとおおおおおおおおおり！　みなに私の熱い気持ちが通じたのだ！　私に投票するぐらいなら、だんご神様に投票してくれと、その、熱くたぎるだんごへの情熱がスパークして、世界を壊滅《かいめつ》から救《すく》うことに成功したのだぁあああああああああ！」

と、わけのわからないことを彼女は叫《さけ》んでいますが、つまり、そういうことらしいです。

ということはどうやら、だんご神様が上位にいるっぽいです。

さすが伝勇伝。

主要キャラよりだんごが上なのか！

ま、まさか、フェリスの思惑《おもわく》どおり、だんご神様が1位になってしまうのか⁉

ドキドキの第5位、いきます。

第5位！


ティーア・ルミブルです！

ライナと同じ魔眼保持者《まがんほじ》——『殲滅眼《イーノ・ドゥーエ》』の保持者のティーアは、なぜかこそこそーっと人気を上げてきて、前回の10位から、48倍もの投票数を受け、トップファイブに入ってしまいました。

まあ、表紙に出るぐらいインパクトあったしねぇ。

では、コメントをいただきましょう。

「だから、僕は人間からの投票に喜んだりはしないんだよ……僕らを裏切《うらぎ》り続ける人間どもが…………むぅ…………くそ」

と、歯切れ悪く言葉を止めて、去っていきました。

むぅっと言ったときの、口許《くちもと》がなんか嬉しそうに緩《ゆる》むのをこらえるような表情《ひょうじょう》が印象《いんしょう》……

「よ、よ、喜んでない！」

だ、そうです……

ほんとは喜んでるくせにとか言ったらもうほんと殺されそうなので、次へいきまーす。

というかもう、トップフォーまできてしまいましたね。

みなさん、フェリスもシオンも出ちゃったいま、トップフォーが誰《だれ》か、想像できますか？

まあ、ライナは入ってるんだろうけど、だってほら、そこは主人公だし……って、いや、全ランキングにライナ入ってなかったらどうしよう⁉

そんな緊迫《きんぱく》のトップフォーへまいります。

第4位は！

キファ・ノールズです！

伝勇伝三大ヒロイン最後の一人が、前回の24位から700倍以上の投票を受けて、大ジャンプアアアアアップ！

もう、圧倒的《あっとうてき》な人気です。複数の方面からの組織票《そしきひょう》も入っています。なんせ700倍以上ですからね！

では、彼女にコメントをもらいましょう。

キファさんどうぞ。

「え、えっと、キファ・ノールズです。今回は私を応援してくれて、こんなに高い順位を与《あた》えてもらえて、とても嬉しいです。私はいま、この本が出た段階《だんかい》では北のほうへいってしまっていて、あまり出番がないのですが、でも、いまでもその、ライナのことは好きだし……が、頑張《がんば》ろうと思ってるから、今回のこの、みなさんからの期待《きたい》に応《こた》えられるよう、一生懸命《いっしょうけんめい》頑張……って、頑張るはさっき言ったか……えーと、ごめんね、あまりこういう表舞台《おもてぶたい》に出たことないから、緊張《きんちょう》しちゃって……その、とにかく頑張ります。いまはそれしか言えないけれど、一生懸命頑張るので、これからもよろしくお願いします！」

ぺこりと頭を下げて、去っていく彼女を見て、なんか、まあ、人気があるのもわかるなぁとね。

伝勇伝のヒロインは絶対《ぜったい》フェリスだと譲《ゆず》らない派《は》とは別に、キファが絶対ヒロインだ派も根強く……って、え？　あれ、またルークが近づいてき…………あ、も、もちろんミルクもだよ？　うん、もちろんだよ！　だからルーク、にこにこ笑いながら耳元で低い声ださなくていいから、ね、ほら、ミルク転んだって、あっちいったほうがいいって……

ふ、ふぅ。

こ、怖《こわ》かった……

で、では、なんかいろいろあったけど、ついにトップスリーを発表しようかなぁあああああああ！

ついにきました。

伝勇伝で一番人気のある三人！

それはいったい、誰なのか！　みんなの予想は当たっていたのか！

では、発表します。

まず。

第3位!!

だんご神様です！

「…………」

やはり今回も、皿《さら》に載《の》ったままなにもしゃべらな……って今度はフェリスがきたぁああああああ……

「ちょっと待ったぁあああああああ!!　お、おかしいぞ！　なぜ1位じゃないのだ！　こ、これではだんご神様のお怒りが……」

「…………」

「ほ、ほら、だんご神様は怒っておられるぞ！」

「…………」

「は、はい、わかりました……とりあえず上位の連中は私の剣《けん》で……」

「…………」

「はい。目玉もえぐれと」

「…………」

「ケツから口まで串《くし》で貫《つらぬ》いてやれと」

「ってグロいから」

「ん？　なんだライナ。いま私はだんご神様からのご託宣《たくせん》を受けるのに忙《いそが》しいのだ。邪魔《じゃま》をするな」

「いや邪魔するなとかじゃなくて……俺さぁ、さっさと帰って寝たいんだよねぇ……なのにこのランキング長ぇからさ〜、もう、さっさとランキングされて、さくさくっと終わって帰りたいわけよ。だからおまえ、コメントささっと終わってくれな……」

「って貴様《きさま》、まさかまだランキングに出てないのか⁉」

「え？　あー、うん。呼《よ》ばれてな……」

「貴様もだんご神様より上かぁあああああ」

「って馬鹿、無理だって、ケツから串が入るわけな………ぐぎゃぁあああ」


な、なんか、すさまじいことが起こってるようですが、怖くて見れないので、つ、次いこうと思います。

さあ、ついにトップ2の発表です。

発表いたします！

第2位は！

ライナ・リュートです！

おお〜。

ついに登場の我《われ》らが脱力《だつりょく》やる気なしなし主人公。

やはり強い。

まんべんなくいろいろな層《そう》から投票を集め、前回よりも8倍の投票数で2位獲得《かくとく》。

しかし主人公にもかかわらず、前回に続いて2位を獲得してしまったことについて、コメントをいただいてみましょう。

ライナさん、コメントどうぞ。

「ぎゃぁああああああああああああああああああああっててめぇ俺を殺す気かぁあああああああああああ!?」

「ふふふふ、逃《に》げても無駄《むだ》だぁ〜」

「ちょ、おまえ、それほんと無理だか……痛《いた》い痛い痛っ痛っ無っ無理っ無理って言ってんだろうがぁあああああああってあーそう。そうですか。おまえがその気ならこっちにだって考えがあるぞ。いつもいつもおまえにやられてばっかじゃいられねぇんだ。やろうじゃねぇか。俺も真剣《しんけん》におまえの相手をごごごごめんなさいごめんなさい嘘《うそ》だから！　嘘だから土下座《どげざ》するからフェリス許《ゆる》しきゃぁああ」

こ、こんな主人公で、いいのかなぁ……？

と、みんなが思ったところで！

ついにここまできてしまいましたね。

ついについに、１位の発表なわけです。

しかし、前回１位だったサイラも出てしまい、主人公まで出てしまったいま、果たしていったい１位は誰なのか？

みなさん、予想してみてください。

ここまで登場してなくて。

さらに、ライナも、フェリスも、シオンもおさえて堂々1位を獲得したのは？
それはいったい誰なのか？
みんな、予想した？
では、発表しちゃうよ？
いきます。
第一回。
伝勇伝キャラクター人気投票。
堂々第1位を獲得したのは！

ビオ・メンテです！

こ、これはすごいことです。なんせ彼女は、一回しか登場していないんですから！
彼女の登場した話を読んだことのない方は、すぐにでも書店へ！　そして『とり伝2
無気力のクロスカウンター』を購入《こうにゅう》して、書き下ろし『暗殺者の見る夢《ゆめ》は……』を読んで
みてください。
この『暗殺者の見る夢は……』という書き下ろしから、短編集の書き下ろしはシリアス

気味に〜な感じの流れが作られたのですが、彼女は僕の中でも思い出深いキャラの一人です。ライナの心にも、大きく影響《えいきょう》しているキャラのはずです。

もう、これだけ人気があると、伝勇伝の裏《うら》ヒロインといっても過言《かごん》ではない感じですね。

まあでも、彼女は悲劇《ひげき》のヒロインなわけですが。

前回の12位から（一度しか登場してないにしては、それでも順位は高かったわけだけど）ついに1位に躍《おど》り出た感想を、聞いてみたいと思います。

ではコメントを、どうぞ！

「……え、そ、そのぉ、私なんかが1位でいいんでしょうか……？　も、もちろん1位になれたのはすごく嬉しいんですが……あの、素直《すなお》に嬉しいです。私は幸せものです。みなさんありがとうございました」

昔とは違《ちが》う、本当に幸せそうな顔をして、彼女はそう言ってました。

いまの彼女が平穏《へいおん》な、安らかな暮《く》らしをしてくれていたらいいなと、きっとみんなが願ってることだと思います。

さて。

そんなこんなでついに人気投票も完全に発表し終わりましたねー。

みなさんの予想は、あたっていたでしょうか？

ちなみに僕の予想はですね、大ハズレです。どうハズレていたかというと、16ページぐらいで書き上がるかなぁと思っていたものが、えーと、いま何ページだっけ？

38？

ほうほう。

原稿用紙だともう、ここまでで44枚超《こ》えてる？

44って、それ、短編一本分以上じゃんと。

あほかと。

もう一度言います。

あほかぁあああああああああああああああああああああ！（笑）

なんか、今回は書き下ろしがあとがきぐらいの分量で、かわりにあとがきが書き下ろしみたいになってしまいました……

結局厚《あつ》さはかわらずというね。

でもみんな、楽しんでくれたかなぁ。

それだったら、頑張ったかいがありました。さてさて、今回はじゃあ、このへんにしとこうかな。

あ、こういうときにいうのかな。

ふふふ、じゃあ今回は、このへんで許《ゆる》してやるぜ……

とか、ああいう言葉。

許して欲《ほ》しいのは僕だけどねぇぇぇぇぇぇぇぇぇぇぇぇぇぇぇぇぇぇぇぇぇぇぇぇぇ!!

ではではー。

本当に今回はここまででーす。

次に会うのは、まあ、いつものドラマガの連載《れんさい》か、それか、なにかが起こる!

十月発売の——

『大伝説の勇者の伝説』

においてです!

長編のほうは⑪まで読んでくれた方はわかるとおり、大展開《だいてんかい》してます。

ここからものすごい勢《いきお》いで話は動き始めるので、ぜひ、みんな期待しててください!

それでは今回は〜、ここまで!

みんな長々付き合ってくれてありがとね!

それでは、またね――――!!

ちなみにここで、原稿用紙45超えてるよん（涙）

鏡　貴也

初出

ばーすでい・ふぇすてぃばる　月刊ドラゴンマガジン2006年1月号
りとる・らゔぁーず　月刊ドラゴンマガジン2006年2月号
ろすと・うぉれっと　月刊ドラゴンマガジン2006年3月号
ほっと・ほっと・すぷりんぐす　月刊ドラゴンマガジン2006年4月号
でんじゃー・ぞーん　月刊ドラゴンマガジン2006年5月号
なぐりこみ伝勇伝
青春のホウコウ　書き下ろし

富士見ファンタジア文庫

とりあえず伝説《でんせつ》の勇者《ゆうしゃ》の伝説《でんせつ》⑪
常識力《じょうしきりょく》のホールドアップ
平成19年6月25日　初版発行

著者——鏡《かがみ》　貴也《たかや》

発行者——小川　洋
発行所——富士見書房
〒102-8144
東京都千代田区富士見1-12-14
電話　営業　03(3238)8531
　　　編集　03(3238)8585
振替　00170-5-86044

印刷所——暁印刷
製本所——BBC

ISBN978-4-8291-1939-6 C0193

富士見ファンタジア文庫

武官弁護士エル・ウィン

鏡 貴也

私はミア・ラルカイル。十六歳の可憐な美少女。そのうえある王国の元王女様なのに、強盗やんなきゃ生きてけないなんて……。

なんて思いつつ、金をとろうとしていた私の前にのんきに新聞を読んでる青年一人。武官弁護士を名乗るそいつは一体何者!?

第十二回ファンタジア長編小説大賞準入選作。新世紀をリードするロマンティック・ハリケーン・ファンタジー！

富士見ファンタジア文庫

武官弁護士エル・ウィン

検事官はお年ごろ

鏡 貴也

ある森で、突然全ての生物が死滅するという非情事態が起きた。その現場でたったひとり生き残っていたのはまだ幼い少女。

この後彼女は、この事態を引き起こした容疑者として、司法庁に身柄を拘束されてしまった！　それで、彼女の弁護人をウィンは引き受けることにしたんだけど……。

吹き荒れるロマンティック・ハリケーン・ファンタジー第三弾！

武官弁護士エル・ウィン

被害者はどこにいる?

鏡 貴也

私が今目指しているのは、「おしとやかな大人の女への道」。これでウィンも私の気持ちに気づいてくれるはず。

そのために準備万端整えていた私の前に現れたのは…… 悪魔だった。そう、ウィンの元秘書にして超迷惑美女のサラ。彼女はまたもやっかいな事件を押しつけ去っていった——。

迷走するロマンティック・ハリケーン・ファンタジー第四弾!